LA FILOSOFÍA DE MI GATA ANDARIEGA

Elena Iglesias

Publicado por Eriginal Books LLC
Miami, Florida
www.eriginalbooks.com
www.eriginalbooks.net

Primera Edición: 2009
Título original: The Philosophy of my Wandering Cat

ISBN-13: 978-1-61370-038-9

Índice

Reconocimiento

¡Me siento agradecida por tantas cosas!: Los consejos de mi confesor en Cuba; la ayuda de mis hermanos en Nueva York cuando llegué a Estados Unidos; mi maestra-soledad en México; los sabios profesores de Venezuela; la protección de Obatalá, mi mejor amigo; el amor y apoyo de mis hijos y mis nietos; la amistad de tantos seres maravillosos que están o han pasado por mi vida; las bellas ilustraciones de Noelvis Díaz; las enseñanzas de todos los maestros espirituales que he conocido; y los fantasmas y sueños que pueblan mi mundo. Todos ellos han sido indispensables en mi búsqueda interior y mis logros externos. Este libro se ha creado con pedazos de esas almas entremezclados para siempre con la mía.

Introducción

"Algunos seres que aparecen ante nosotros como perros, gatos, patos, etc. son en realidad guardianes o ayudantes que quieren servir a sus 'dueños' de todas las formas posibles. Puede que hayan vivido con esas personas anteriormente como amigos, hermanos, amantes, esposos, o los hayan asistido como guías desde el plano espiritual. Yo encuentro que las personas más conscientes espiritualmente atraen animales amigos que también son muy conscientes y que a menudo han estado con ellos en el pasado, a veces como humanos".

Penelope Smith
Animal Talk

Tributo

Los gatos se veneraban en el Antiguo Egipto por su protección, misterio y magia, algo que sabemos todos los que hemos compartido la vida con esa raza singular.

En el Moderno Miami tuve el privilegio de tener una gata excepcional, que no solo fue mi amiga y confidente sino que también dio su vida por mí, absorbiendo en su cuerpo una enfermedad mortal que yo tenía.

Es tiempo de presentárselas.

Ella me acompaña siempre en mi proceso de encontrarme y comprenderme.

Primera Parte
Mi maestra lanuda

Filósofa, maga y sacerdotisa

–¿Qué haces Manchita?

–Estoy leyendo sicología.

–Pero... el libro está al revés.

–¿Por qué los humanos se complicarán la vida por gusto? Ese es un detalle sin importancia.

–Bueno... ¿pero has aprendido algo?

–Mucho sobre las diferentes personalidades... Por ejemplo, ¿cómo te ves tú a ti misma, Evaluz?

–Te cuento que hay mucha gente viviendo dentro de mí, mucha gente distinta. Pero no se oponen ni se disgregan, se entienden muy bien. Por eso este mundo no me parece ni tan ancho ni tan ajeno, sino todo lo contrario. Cada voz, por remota que sea, encuentra un eco dentro de mí.

—O eres muy vieja o eres esquizofrénica.

—Vieja, Manchita, muy vieja. A veces, cuando lo pienso, me siento muy cansada.

—Pues mira, sacúdete el cansancio porque presiento que todavía te quedan muchas cosas por aprender.

—Sí, y entre esas muchas cosas, quiero aprender a volar.

—Estás obsesionada con eso.

—Mira amiga, te voy a confesar algo para que me dejes tranquila. Cuando era pequeña, yo sabía volar. No volaba siempre ni distancias muy largas, pero volaba por la orilla del mar. Y era feliz, muy feliz; era una sensación de libertad indescriptible. Creo que cuando perdí la inocencia se me olvidó como hacerlo.

—Tú nunca has perdido la inocencia.

—Bueno, está dentro de mí, pero tiene la cara sucia y está arrinconada, no habla con nadie.

—Habla conmigo. Desempólvala, lávale la cara y veras milagros ocurrir en tu vida.

—Dicen que hay ríos muy hermosos lejos de aquí que nunca he visitado; quizás ésta sea la oportunidad de darle un buen baño a la inocencia.

—Evaluz, la andariega de Dios...

—Gracias, pero así le decían a Santa Teresa.

–Entonces tendré que inventarte otra cosa... ¿Qué tal "investigadora del espíritu"?

–Es que "investigadora" suena científico, y la ciencia no es mi especialidad.

–Pero tú te la pasas husmeando por parajes recónditos, fisgoneando el misterio, explorando.

–Mira, esa palabra me gusta más... "exploradora del espíritu".

–En realidad Evaluz, tú eres filósofa, maga y sacerdotisa.

–¡Guao!

–Pero no te hagas muchas ilusiones. Tú no eres una filósofa estilo Platón, eres una filósofa de la vida cotidiana. Tampoco eres una maga sofisticada, que sabe de complejos sortilegios. Yo te veo como una hechicera primitiva, más a tono con los símbolos de la naturaleza que con otra cosa. A ti la luz del amanecer y el vuelo de un pájaro te dicen más que cien tomos de alquimia y una montaña de jeroglíficos.

–La diplomacia nunca ha sido tu fuerte, Manchita. Tienes una manera un poco brusca de subir a la gente y luego dejarla caer sin contemplaciones.

–¿Pero no es verdad lo que te acabo de decir?

–Una verdad como un templo... pero te falta analizar mi aspecto de sacerdotisa.

19

—Ese es más fácil, porque cuando se trata del espíritu, no existen diferentes categorías, como con los magos y los filósofos. La persona que tiene un sentido espiritual de la vida busca una sola cosa: identificarse con el Todo.

—¿Y en todas las tradiciones pasa igual Manchita?

—Claro; después vienen los burócratas del templo, tallan diferentes fachadas, y se pelean como niños porque se reconozca que la suya es la mejor. Pero eso es otra cosa; yo estoy hablando de sacerdotes y sacerdotisas de corazón.

—¿Te has fijado Manchita, que todo termina siempre con el corazón?

—Termina y empieza. La inteligencia del corazón es la única que ve claro. Pero ustedes los humanos no serían quienes son si no dieran cien mil vueltas antes de llegar a lo fundamental.

—Pero en el ínterin hemos descubierto cosas interesantes...

—Y han perdido mucho tiempo también.

—El proceso es importante Manchita, nos da la oportunidad de equivocarnos y rectificar... setenta veces siete.

—¡Ah, sí! El juego de la vida... apasionante y misterioso.

–No sé por qué me parece que tú no aprendiste estas cosas en ese libro de sicología que has cogido de colchón.

–No... pero no estuvo mal, me dio el pie para la décima...

Sabiduría y sensatez

—Manchita, ¿estás durmiendo?

—Estoy pensando.

—¡Uy! eso es peligroso...

—¿Recuerdas Evaluz, una reencarnación atrás, lo segura que estabas de alcanzar la sabiduría? Y... ¿crees que la has conseguido?

—No, pero sigo tratando.

—Busca en tu memoria cómo empezó todo; quizás así encuentres la respuesta.

—A ver... Yo me llamaba Raquel y estaba en medio de una selva recibiendo una poderosa iniciación...

—¿Recuerdas las palabras del chamán?

—"Puedes pedir tres deseos" me dijo, "pero piensa bien antes de hablar, porque no hay vuelta atrás".

—¿Y qué se te ocurrió pedir?

—Sabiduría... paz... y amor. ¿Tiene eso algo de malo?

—No, sino que con tu precipitación inveterada, pediste las cosas al revés.

—¿Al revés?

—En este caso, el orden de los factores sí altera el producto. ¿Cómo te imaginas que vas a ser sabia si dejas el amor de último? Tenías una idea muy elitista del amor y un poco egoísta.

—Me estás hiriendo...

—"Quien bien te quiere te hará llorar".

—Deja ya el refranero, por favor...

—Bueno, ¿quieres la verdad o quieres que me calle? Y piénsalo bien esta vez porque te puede costar otra reencarnación.

—A veces te pareces más a Pepe Grillo que a Manchita... Habla, gata, habla.

—Para ti la sabiduría encierra el conocimiento profundo de todos los planos de la existencia, el hallazgo de tu universo íntimo, la armonización de todos los opuestos que han sido, son y serán, la intuición de que Todos somos Uno... "Lo que ni ojo vio ni oído oyó, ni pasó al hombre por el pensamiento"...

—Y me puse a trabajar en eso con empeño.

—Pero dice Pablo que se te olvidó lo más importante: "Y aun cuando tuviera el don de profecía y penetrase todos los misterios y todas las ciencias; aun si tuviera toda la fe, de manera que trasladase los montes, si no tengo amor, no soy nada".

—Por eso no soy nada, ni he alcanzado nada.

—Tampoco así, Evaluz, al menos te has dado cuenta... Ah, y la paz no hay que pedirla, se da por añadidura.

—¡Y eso que dicen que los gatos no tienen alma!

—Yo los perdono porque no saben lo que hacen... Sé que cambiarían de opinión si conocieran la historia de la maravillosa gata budista.

—¿Y ésa quién es?

—Una gata que sabía más de cuatro cosas.

—¿Era egipcia?

—No, japonesa.

—¿Y tú cómo sabes de ella?

—Porque nosotros nos comunicamos las cosas importantes de hocico a oreja, de siglo en siglo.

27

—¡Y pareciera que no hacen nada más que dormir y cazar ratones!

—Precisamente de cazar una rata se trató su hazaña.

—Pero eso es algo bastante común, ¿no Manchita?

—No. Esta rata no se dejaba cazar por nadie; les ganaba la partida a todos.

—Cuéntame...

—Había una vez un maestro de esgrima que estaba desesperado porque no podía deshacerse de una gran rata que se había metido en su casa. Como ni él ni las tres gatas más experimentadas del vecindario pudieron atraparla, mandó a buscar a una vieja gata que tenía fama de ser la mejor cazadora del mundo.

—¿Y ésa sí pudo con la rata?

—No te adelantes Evaluz, escucha bien la historia.

—De acuerdo; sigue.

—La gata vieja, que no parecía ser muy diferente a las demás, entró despacio por la puerta y cuando la rata la vio, se quedó paralizada. La gata maravillosa se le acercó tranquilamente, la agarró por el cuello y la sacó de la casa.

—¡Todo el mundo se quedaría pasmado Manchita!

—Así fue, y las tres gatas jóvenes que habían fallado en su intento le pidieron que les explicara con qué arte había vencido a la rata.

—Seguro que había estudiado una técnica infalible.

28

–No Evaluz, según la vieja gata, hay que tener cuidado con las técnicas. Cuando te entrenas en una técnica, pero solo piensas en hacer alarde de la destreza para conseguir el éxito, ese entrenamiento resulta prejudicial porque se apega a la meta y no puede resolver las grandes cosas cuando se presentan de improviso.

–Claro, ahora entiendo, lo importante no es la técnica sino adquirir poder llenándote del Aliento Universal.

–Tampoco Evaluz. En realidad, ese "poder espiritual" que uno mismo se atribuye no es más que fuerza síquica. Tu "yo" está en juego. La Gran Fuerza Cósmica es como el flujo eterno del río, permanentemente presente, permanentemente iluminada. Pero si solo obtienes tu fuerza en determinados momentos, es como una crecida repentina que pronto pierde su poder. Eso lo intuye inmediatamente el contrario.

–Eres muy sabia Manchita.

–No mi'ja, sabio era el maestro zen Teramoto, que hace mucho tiempo empezó a contarle esa historia a sus discípulos. Yo sólo la repito...

–"De hocico a oreja", ya sé.

–¿Qué más quieres saber Evaluz?

–Quiero saber si la respuesta es ceder y someterse.

–No, ésa sería una reconciliación artificial para escapar de la agresión.

–¿Y cuál es la solución entonces?

–Dejar que todo suceda desde el Ser, sin intención ni agenda.

–Manchita, eso es más difícil todavía que practicar el amor.

–Yo lo veo muy simple. Cuando te liberas del yo y te desapegas de todas las cosas, te puedes manifestar con toda libertad y efectividad siempre. Para conseguirlo tienes que empezar por conocerte a ti misma. La idea es llegar a descubrir lo que cada uno tiene dentro de sí sin saberlo. Según la gata budista, eso se llama despertar.

ILUMINATA

—Manchita, ¿cómo se explica la amistad?

—¿Y a qué viene esa pregunta tan tonta, Evaluz? La amistad se vive no se explica. Nace de la afinidad y crece con la lealtad. Eso es todo.

—Es que la gente que nos conoce dice que tú y yo tenemos una amistad extraña.

—La gente que nos conoce, no nos conoce bien.

—Y, ¿qué les digo?

—Nada. Mientras fragmenten la vida y metan sus pedazos en miles de cajas diferentes, no van a comprender nada.

—Yo creo que están un poco celosas.

—Puede ser...

—Pero es que solo contigo tengo la confianza de compartir mis cosas.

—¿Y qué querías contarme hoy, que me llamaste con tanta urgencia?

—Mi sueño de anoche.

—Tú sabes que yo soy una gata jungiana, así que soy toda oreja.

—Soñé que vivía en la Edad Media. Era una joven rubia muy valiente.

—Bueno, ya no eres tan joven ni tan rubia, pero sigues siendo valiente.

—Creo que descendía de los celtas, pero me había convertido al cristianismo.

—Ah sí, ésa era época de conversiones no de integraciones.

—Pero seguía amando la naturaleza, nunca le tuve miedo. No comprendía que para ser buena tenía que apartarme de todo lo natural; parece que lo céltico se rebelaba en mis entrañas. Conservaba el mismo espíritu libre de siempre.

—Si no te lo pudieron ahogar en la Edad Media, es tuyo por derecho propio. Por eso vas por la vida derrochándolo sin pudor.

—¿Y desde cuándo tú eres pudorosa, Manchita?

—Desde que te conocí, querida. Hasta para una gata, tú eres un reto.

—Yo era la cuentista del pueblo.

—En eso no has cambiado mucho que digamos...

—Me encantaba contar historias heroicas... Y además... ¡cantaba!

—Oye, ésa sí que es una diferencia con la Evaluz de hoy.

—Era una trovadora con un impresionante sentido del misterio y del destino.

—Has tocado un punto álgido Evaluz. ¿De veras crees en el destino?

—Sé que la teoría del libre albedrío es muy estimulante Manchita, pero creo que si lo tenemos, es muy limitado.

—¿Te acuerdas de "yo soy yo y mis circunstancias", del gran Ortega, Evaluz?

—Más bien pienso que yo soy Dios y mis circunstancias las creo por el placer de aprender. Por el gozo de manifestarme infinitamente. Por jugar. Las cosas son como tienen que ser, uno sufre solo porque ha perdido la memoria.

—Y la confianza, Evaluz.

—Es muy difícil tener confianza en la oscuridad.

—Pero la claridad también ciega.

—Total, el destino es el destino. Uno le puede dar vueltas, alargarlo, engañarlo por un rato, pero te pilla siempre al final.

—Entonces, ¿por qué te aplicas tanto, Evaluz?

—Porque solo viviendo intensamente somos capaces de redescubrir el hilo que nos saca del laberinto hacia la luz.

—¿Y estas cosas solo las hablas tú conmigo?

—Y con mi almohada.

—¿Y qué tiene tu almohada que no tenga yo?

—Para empezar no tiene orejas... En serio Manchita, tal vez no hablo mucho porque desconfío de mis emociones. Son demasiado intensas y prefiero que no se desborden. Cuando abres la boca siempre existe el peligro del despilfarro.

—¿Miedo, Evaluz? ¡Pero si tú eres una fortaleza!

—Una fortaleza construida sobre arena movediza. Más de una vez se ha derrumbado mi castillo.

—Pero la reconstrucción ha sido sólida. Te veo ahora en tu castillo, estable e iluminada, rodeada de hechiceras y trovadores.

—Así mismo terminaba mi sueño...

36

–Pero ése no es el final amiga. Es hora que la reina maestra salga de su torre de marfil a compartir con todos la sabiduría que ha estado destilando a través de los siglos.

–¿Te parece?

–Está más claro que el agua. Solo falta lanzarte al río y empezar a nadar.

ENAMORADA DEL AMOR

—Manchita, ¡encontré un tesoro!

—A ver Evaluz... sorpréndeme.

—Es un collar de monedas de oro... parece muy antiguo.

—¡Pero si es de la época del rey Darío! ¿De dónde lo sacaste?

—Lo compré en una tienda de antigüedades, en recuerdo de mi aniversario con Hamaliel.

—Evaluz, tú no cambias ni olvidas. ¡Todavía cuentas los aniversarios de algo que pasó hace siglos!

—Cuando se ama es así.

—En tu cofre, querida cabeza dura, no se quedó dormida la esperanza sino el agridulce amor, que tan tenazmente defiendes por los siglos de los siglos.

—A pesar de la ironía de mis compañeros de viaje.

—Es que su incredulidad ha hecho más sólido tu extraño saber.

—¿Y qué piensas tú Manchita, de ese "saber"?

—Que te da el poder de unirte a Dios a través del amor de pareja. Una experiencia que la raza humana perdió hace mucho tiempo, y que ahora sólo considera un cuento de camino.

—O de hadas...

—Hoy nadie cree en los cuentos de hadas; ése es el problema. Solo sirven para entretener a los niños en los parques de diversiones. Y cuando algo no existe para ti, no se te revela.

—Pero dime Manchita, ¿no es precioso el brazalete?

—Tú siempre me pareciste iraní.

—¡No me molestes Manchita! ¿Cuándo has visto a una mora de ojos verdes?

—Bueno... los persas también descienden de los arios.

—Para ser gata, sabes más de cuatro cosas.

42

—Es que vivo enamorada de Darío. ¿Sabes que lo conocí? Amaba la verdad y odiaba la mentira.

—No te creo gata.

—¿Sabes que era tan tolerante como los egipcios?

—No... pero sé que los poetas de su reino hablaban místicamente del amor humano.

—¡Ah! Entonces tú vienes de allá, porque para ti ése es el camino de regreso a la Fuente.

—¿Me comprendes Manchita?

—En parte. También comprendo que en la eterna búsqueda de tu alma gemela corres el peligro de enamorarte de un ideal y no de una persona de carne y hueso.

—Es que las decepciones con la carne y los huesos que he conocido, me llevan a enconcharme y a recordar a Hamaliel.

—¡Hamaliel, Hamaliel, cuántos crímenes se cometen en tu nombre!

—¡Manchita!

—Cariño, tienes que dejar de una vez esa dulce tristeza que siempre te ronda y aprender a vivir aquí y ahora.

—¡Qué aburrido!

—Eres incorregible.

—No creas, a veces pongo los pies en la tierra y me preguntó si no estaré buscando en el otro lo que debo encontrar dentro de mí.

—Tú sientes luego sabes, Evaluz... ¿Quieres que te diga un secreto? Quisiera creer en el amor con la misma certeza con la que tú crees... pero no puedo. Más sabe el gato por viejo que por gato.

—...que por diablo...

—Es más o menos lo mismo...

—Manchiiita...

—Evaluz, el paraíso es un lugar borroso y lejano para la mayoría de los mortales, pero tú puedes tocarlo con las manos. Eso te da el derecho de soñar con el amor romántico.

—Que es más o menos lo mismo...

—Me rindo.

Realeza

—Manchita, ¿alguna vez te has sentido frustrada?

—No, pero estoy aprendiendo contigo. Tienes que darte cuenta, Evaluz, que todo en el universo tiene un propósito y con paciencia llegas a conocerlo.

—Sin embargo... a veces me parece que la vida no tiene mucho sentido.

—En esos momentos, mírate bien adentro y verás el mar en ti. La profundidad, riqueza y misterio del mar están en tu propio ser. Como los prestidigitadores sacan conejos de los sombreros, los verdaderos magos sacan su sentido de ese mar.

—Será por eso que son "como dioses", porque saben timonear las tormentas de la vida...

—Sí Evaluz, llegan a implantar en su corazón y en su entorno las leyes del Paraíso que llevan dentro.

—¿Algo así como la historia de Sarah en la película *A Little Princess?*

—Precisamente. La amargada Miss Minchin le echa en cara a Sarah que es muy fácil para una niña que lo tiene todo creerse una princesa. Sin embargo, después Sarah pasa por su dura iniciación, cuando lo pierde todo, hasta la esperanza.

—Pero a pesar de eso, supera su dolor y maneja sus circunstancias hasta que se convierte en una verdadera princesa... ¿No es cierto Manchita?

—Seguramente. Dueña de sí misma y de su vida.

—Esa película me gustó mucho, pero hasta ahora no había comprendido bien porqué.

—Los que tienen "ojos para ver y orejas para oír", saben que ése es el destino de todos los seres humanos. A través de los siglos ha habido hombres y mujeres que lo han logrado y lo siguen logrando. Todos los días, junto a quienes se hunden en la desesperación, surge alguien que renace, buceando en su mar interior, para seguir navegando.

–Suena muy bonito Manchita, pero por el momento me conformo con empezar a encaminar mi vida; después ya veré si también puedo llegar a ser princesa.

–Por allí comienzan todas las princesas.

–¿Qué te parece si nos vamos de vacaciones? Necesito un cambio de aire.

–El aire de la selva peruana es muy reconfortante...

–¡Claro, eso es! Salir de esta ciudad enloquecida para poder ordenar mis ideas en un ambiente de paz... Ahora mismo empezamos a empacar. Ya siento que estoy volando.

–Bueno, dentro de unos días saldremos para el Perú.

–No me refiero a ese vuelo. Me embarco en este viaje con la secreta esperanza de aprender a volar.

–Desde que te conozco, has tenido esa "secreta esperanza", y ya van unas cuantas reencarnaciones.

–Lo sé Manchita, pero ahora lo siento muy cerca. Tengo que tener paciencia.

–Sabes, en el fondo no hay que preocuparse tanto por la paciencia. Quien tiene una idea clara de lo que quiere, sabe esperar para alcanzarlo. Cada cual a su modo. Alguien impaciente para cuidar a una gata, puede ser muy paciente para cuidar las flores de su jardín. La motivación juega un papel importante. Si yo quiero realmente lograr algo, pondré todo mi empeño, tiempo y paciencia en conseguirlo.

—Como volar... Por experiencia te digo Manchita, que todo el que se ha propuesto una meta, ha vivido en carne propia aquello de que "Roma no se hizo en un día".

—Es que lo importante no es la meta sino fluir. Encontrar la corriente de aire que te lleve sin esfuerzo a donde quieres ir.

Siguiendo el impulso de su corazón, Evaluz movió cielo y tierra para conseguir el viaje a la selva lo antes posible. En menos de una semana, la gata y su amiga estaban listas para salir de vacaciones.

—Apúrate Manchita. No queremos perder el avión.

—¡No me digas que me vas a llevar en esa caja tan humillante!

—Es la única que permiten en el aeropuerto. Confórmate, no puedes cambiar el mundo... al menos por ahora.

—Bueno, entre eso y tener que quedarme en casa como la última vez...

—No vuelvas a sacarme lo de Egipto gata, ya te dije que el pasaje era demasiado caro para las dos.

—¡Pero es mi país de origen Evaluz, el mundo de mis antepasados, de Bast, de Sekhet!... ¡Qué va, todavía no te puedo perdonar que me dejaras! Me puse afónica, por poco me muero, y a ti sin importarte nada.

—No sé por qué presiento que lo de no poder hablar era un poco de manipulación de tu parte. En cuanto viste lo preocupada que me puse, se te quitó la afonía como por arte de magia.

—En lugar de criticarme tanto, sería bueno que miraras la viga en tu ojo. En unas cuantas horas hiciste lo imposible por sacar los pasajes de avión para la selva peruana porque quieres aprender a volar. ¿Te acuerdas que hiciste lo mismo cuando te obsesionaste con la sabiduría? Aprende de tus errores. Vamos a la selva, pero deja lo del vuelo en manos de...

—¿Dios?

—No, en manos de una cacatúa rosada, que tengo el presentimiento te va a enseñar muchas cosas.

—¿Y tú no te vas a poner celosa?

—Me buscaré un gato para consolarme...

—No me hagas reír Manchita, estás operada. Mira, métete en tu cajita "humillante", que ya llegamos al aeropuerto.

APRENDER A VOLAR

La selva peruana amanece en todo su esplendor... el canto alucinante de mil pájaros, el frío pegado a los árboles, la luz que nace nueva del corazón de Dios... Si Manchita no se hubiese quedado dormida, estuviera disfrutando este paseo hasta el manantial, jugando con las lagartijas, que aquí son enormes, y tienen la sensibilidad a flor de pañuelo.

El manantial, mi lugar preferido para meditar durante estas vacaciones, es de una belleza escalofriante, que perfora los sentidos si uno no tiene la precaución de cubrirse con un manto de rocío al salir de la cabaña. De pronto, tras una cortina de bejucos centenarios y helechos gigantescos, surge el agua cristalina, tan transparente, que me llama desde el fondo a que me asome, a que mire sin miedo la raíz de todo lo que es.

Dentro del manantial solo siento. Allí se vuelven a unir los colores en el blanco y el misterio cala los huesos. La selva se ha vuelto silencio reverente y puedo atrapar el tiempo con mi mano, como un puñado de arena. Por unos segundos me creo en el centro del universo, pero me doy cuenta que estoy en el vórtice de una gran sombra que lo cubre todo, como el ala de un enorme pájaro mítico. Cierro los ojos y dejo que el tiempo se escape; el pobre tiempo, desnudo ya de pretensiones.

—¿Cómo te sientes? Me pregunta algo muy cómodo, como una almohada de plumas, que siento junto a mi cara. Abro los ojos y allí está: la cacatúa rosada que Manchita había predicho que conocería en el viaje. Un extraño pájaro mágico que me habla al oído como para que le tome confianza.

—¿Volé?

—Sí, muy alto y a tu manera. Un instante que hayas vivido fuera del tiempo puede provocar el final del tiempo.

—¿El fin del tiempo? Solo me acuerdo de haber estado sumergida en una gran paz.

—En estas vacaciones vas a descubrir, Evaluz, que eres eterna, libre y completa. Ahora vives en paz dentro del corazón del universo.

LA FILOSOFÍA DE MI GATA ANDARIEGA

—Pero de vez en cuando me siento triste o enojada. Muchas veces también he sentido que los esfuerzos que hago en el mundo no llegan a ninguna parte.

—¿Sientes esa preocupación ahora?

—No. Increíblemente se ha evaporado.

—Estás aprendiendo la importancia de tranquilizarte y escuchar la voz del Gran Misterio. Vive en el presente. No temas nada de lo que te presente la vida y la verdad siempre estará contigo para guiarte.

—Me imagino que abrirse a un nuevo nivel de verdad es importante para borrar los pensamientos insignificantes que nos mantienen atrapados en la infelicidad. Quizás por eso Manchita me decía que las personas que no aprenden a volar como Dios manda o tratan de apurarse, casi siempre terminan lesionadas de alguna forma.

—Esa Manchita sabe mucho...

—¿La conoces?

—Venimos del mismo "país" como dirían ustedes. Allí todo el mundo se conoce y comparte las mismas destrezas. Ella me avisó que venía de vacaciones con su amiga Evaluz.

—¿Cómo? ¿Ella sabe volar?

—Sí, claro, pero si te lo decía antes de tiempo, la hubieras vuelto loca a preguntas.

—Yo creía que Manchita era mi amiga.

−Y lo es, lo es. Precisamente porque te quiere no quería que te lanzaras a algo tan difícil sin estar preparada.

−¿Eres un hada?

−¿Y a qué viene eso?

−He oído que muchas veces las hadas trabajan a través de los pájaros para ayudar a los humanos en la iniciación del aire, para que puedan comprender como trabaja la mente.

−A través de los pájaros los ayudamos a abrirse a la sabiduría...

−¡Eres un hada!

−No exactamente Evaluz. Soy Ala, un espíritu del aire, y vengo a enseñarte el poder del sonido. Hay fonemas que tienen la habilidad de restablecer el equilibrio roto por las emociones fuertes. Son palabras que saltan sobre la razón y le cantan al corazón.

−Como las del manantial.

−Y las del viento entre los árboles, y las del mar... son mantras, pero hay que aprender a oír todavía más adentro. ¿Sabes cuándo habrás aprendido el verdadero poder del sonido? Cuando seas capaz de oír el alma de la gente en las palabras dichas de pasada, en los balbuceos, en el gesto imperceptible, en lo profundo de las máscaras.

−Cuando oyes lo que nadie oye.

—El corazón a veces grita en silencio, Evaluz; es el lenguaje blanco que todos temen.

—¿Y cómo se llega a comprender ese lenguaje, Ala?

—Amando. Te quedas muy quieta, y primero aprendes a oír a tu propio corazón. No es fácil, porque la mente te va a poner todas las tentaciones del mundo para que le sigas haciendo caso a ella. Es muy vanidosa y vive celosa del corazón.

—¿Por qué?

—Porque sabe que quien llega a oír a su corazón, se escapa de sus redes, y a nadie le gusta ser plato de segunda mesa. La mente va a defender el derecho a reinar sobre ti con uñas y dientes. Después de todo, siempre le han dicho que tú eres un ser "racional", y tú misma le has rendido pleitesía desde el primer día de colegio.

—¿Y si logro llegar hasta mi corazón como hice hoy?

—Vas a sentir, poco a poco, como las escamas de tu mente empiezan a debilitarse. Entonces comenzarás a cambiar de piel.

—¿Es ése el momento en que empezaré a oír a toda la humanidad?

—Sí Evaluz, cuando estés en carne viva, oirás su voz primero muy débilmente, después como un gran clamor. Comprenderás muchas cosas que antes no sabías sobre los seres humanos y empezarás a sentir compasión. De allí al amor, sólo va la distancia que te separa de la luz.

59

–Una eternidad.

–No. Una de las primeras cosas que se comprende es que espacio y tiempo son trampas de la mente. Acuérdate que ella no va a darse nunca por vencida.

–¿Y cuánto vivirá la voz de la humanidad en mi corazón?

–Para siempre.

–Me parece que debe ser doloroso estar en carne viva.

–No es fácil, pero uno se acostumbra. La clave está en no pensar si estás en carne viva o muerta sino oír el clamor, estar atenta al susurro. Lo demás se te olvidará pronto.

–Dicen que las cacatúas enloquecen si las abandonan sus dueños.

–Así es Evaluz. Por eso escogí vivir en la piel de este hermoso pájaro, para que nunca se me olvide oír la necesidad de amor que hay en el mundo.

–¿Nos volveremos a encontrar Ala?

–Probablemente, cuando hayas aprendido a oír a tus compañeros de viaje. No lo tomes a mal, pero me gustaría verte en carne viva.

–Tengo la sospecha que lo que impide el vuelo son las escamas de la mente.

–Sigue sospechando Evaluz, que vas por buen camino.

TORRENTE

Cuando Ala desapareció, me dejó tan revuelto el corazón como una cama sin hacer por la mañana. No podía volver a la cabaña porque estaba demasiado alterada, necesitaba calmarme y digerir mi encuentro con la cacatúa rosada.

El ruido de una cascada lejana captó mi atención y decidí explorar un poco más que otras veces. Seguí un pequeño trecho de hojas secas y ramas muertas que salía del manantial rumbo a lo desconocido. En el camino me hundí en el lodo, me raspé las piernas y tropecé a veces con piedras y otras con animales. A medida que el ruido se hacía más ensordecedor, mi energía en lugar de agotarse iba en aumento. Nada lograba detenerme, iba al encuentro de algo, pero... ¿de qué?

Extenuada emocionalmente, pero sin ningún cansancio físico, llegué al pie de lo que había creído una cascada y resultó ser una catarata. Casi sin aliento, me detuve. La violencia del agua despeñándose, al parecer sin ningún propósito, la belleza salvaje de la espuma, su estrépito en la caída, me invadieron completamente. Aquel espectáculo era tan imponente como presenciar el nacimiento de un huracán en el mar.

Cerré los ojos y dejé que se desatara mi propio huracán. ¡Dios mío, la catarata estaba en mi corazón! Sentí pavor porque reconocí los síntomas del inmenso poder que algunas veces se adueñaba de mí dándome la capacidad de destruirlo todo con la punta de mis dedos. "Si Manchita estuviera aquí me podría ayudar", pensé, "pero estoy sola, sola con esta fuerza que me sacude por dentro y que no sé controlar. ¡Si solamente supiera cómo tomar las riendas de este poder, para guiarlo a cumplir algún propósito, aunque sólo fuera crear belleza, como el torrente incesante de esta catarata!".

"Tranquilízate", le dije a mi corazón, "tranquilízate. Algo has aprendido en estos años de bregar con el mundo, aplícalo. Nada tiene un solo extremo, trata de encontrar el equilibrio". Jadeante, con los ojos desorbitados, no sabía qué hacer con aquella tempestad interior.

Sin embargo, "algo", como un débil destello, que a veces fulguraba en medio del torrente de mis emociones, le decía a mi intuición que si yo lograba dominar ese dragón que vivía en mi pecho, mi poder se convertiría en creatividad infinita, rompería todas las barreras que me había autoimpuesto y volaría al fin a donde yo quisiera, haciendo posible mis sueños y los sueños de todos los seres de la tierra y de más allá de la tierra.

¿Me estaría volviendo loca? "Dios mío", rogué, "dame la paz. Enséñame a ver dentro de mí sin miedo, con absoluta confianza en ti... por favor..."

A medida que me calmaba, sentía la fuerza de la vida recorrer mi cuerpo, purificando mis miedos, mi visión y cada rincón oscuro de mi ser. La luz de mil lunas vibraba dentro de mí con el sonido de un poderoso mantra, que incineró todas mis dudas. Cerré los ojos suavemente, sintiendo como la bendición de Dios se hacía en mí según su Palabra.

Mi Poseidón personal

Despacio, regresé a la cabaña, junto a la que Manchita había improvisado una hoguera. Me senté junto al fuego sin decir palabra y me quedé largo rato mirando las llamas, aún absorta en mi experiencia de la cascada. No sé cómo empezó a envolverme el viento de mi infancia, mientras la voz de mi gata se hacía cada vez más lejana. Era el viento que me decía que los pescadores ya iban retirando sus redes, de regreso a sus casas. La playa quedaba desierta, para mí sola. Salía entonces corriendo a encontrarme con el inmenso bosque de uvas caletas, que me esperaba al final del recodo, más allá de todas las casas, mucho más allá.

Ese viento que pegaba contra mi cara y jugaba con mi pelo mientras yo corría feliz, nunca lo he olvidado. Se me ha quedado dentro, junto a otros recuerdos que forman parte de mi alma. Tenía 10 años y era una niña solitaria, a quien gustaba soñar y hablar con el mar.

Mi playa era un lugar mágico. Teníamos el mar siempre a nuestra disposición, el río muy cerca, con sus jaibas azules, y pocas casas que estorbaran la vista y la imaginación. No había peligro, decían los mayores, a no ser que tuviéramos la audacia de pasar el puente que nos separaba de Pueblo Grande, un pueblo "de verdad", con mucha gente y bastante tráfico.

En realidad, no me interesaba el bullicio de Pueblo Grande, sino los pescadores que a las 5 de la tarde cruzaban frente a mi casa con sus canastas repletas de sardinas. Me parecían estatuas vivientes, curtidas por el sol, con su mirada enigmática y siempre dispuestos a regalarme alguna carnada para pescar.

Sobre todo, era la señal que esperaba ansiosa para irme al bosque de uvas. ¡Aquel sí era mi mundo! Allí, en medio de un silencio sobrecogedor, estaba oculta una laguna roja. Era pequeñita, pero con mis ojos de niña la veía muy grande y hermosa. Allí hablaba a mis anchas con las diminutas hierbas que la rodeaban, con sus piedras, con los uveros que la protegían. Les hablaba de mis deseos más profundos, de ser escritora, de conocer el amor. Pero sobre todo, dejaba hablar a Dios. Me quedaba mucho rato callada, mientras una gran paz se iba apoderando de mi espíritu.

Nunca supe cómo regresaba de aquel lugar encantado. Creo que sumida en mis cavilaciones, me levantaba en algún momento y comenzaba a caminar de vuelta a casa. Muchas veces me daba cuenta cuando ya estaba frente a la puerta. En ese instante, mi padre salía a recibirme y me invitaba a dar un paseo por la playa. Yo le respondía feliz, sin decirle nunca que acababa de llegar de visitar mi rincón mágico. Él me tomaba de la mano y mientras caminábamos por la orilla del mar, me contaba sus sueños y proyectos.

Quería que la familia nunca se separara, que siempre estuviera junta. Soñaba con hacerle una casa a cada hijo en aquella playa. Este celo familiar de mi padre solo se comparaba con el celo por su país. Era su eterno gran tema. Las cosas que había que hacer para volverlo grande, los problemas que tenía, las reformas que se requerían, la dignidad, honradez y sacrificio con que debíamos trabajar "con todos y para el bien de todos" como decía Martí. Con él aprendí el sentido del deber, el significado de la fuerza moral y la responsabilidad que impulsa a la superación personal y colectiva.

Esa figura, que a mis pocos años se me antojaba gigantesca, y que después supe que intimidaba a los mayores, me enseñó a respirar, a nadar, a no temerle a los tiburones −reales o imaginarios− y a expresar libremente todo lo que me venía a la cabeza. Con paciencia y sumo respeto oía lo que una niña de 10 años tenía que decir. Contestaba mis preguntas y compartía

69

conmigo su visión del mundo. No solo me enseñó a pensar, sino me estimuló a disentir.

Por eso el mar está siempre conmigo, dondequiera que vaya, así sea el centro de la tierra, como este pequeño paraíso donde he venido de visita. Porque el mar no es solo agua, ni siquiera es la playa de mi niñez. Son todos los recuerdos de mi infancia, mis vivencias más íntimas, el olor de mi tierra y las primeras lecciones de amor que recibí en la vida...

Cuando por fin el viento se despidió de mí, abrí los ojos. Estaba sola, el fuego se había apagado y Manchita se había ido a dormir.

MINA

Cuando una madre es algo áspero, vago, como un dolor de allá muy lejos, de no me acuerdo dónde... ¿qué hacer?

Cuando una madre no es ni siquiera recuerdo, sino el botón que apaga la continuidad de la vida... ¿cómo comprender?

Cuando una madre esconde la pieza clave del rompecabezas... ¿cómo perdonar?

Cuando una madre, que se cree buena, se está muriendo y uno no siente ni siquiera que no siente... ¿cómo perdonarse?

—¿Interrumpo Evaluz?

—No, Manchita.

—¿Qué te pasa? Te veo pálida, como si hubieras visto un fantasma.

—Estaba haciendo las maletas para nuestro regreso a casa, cuando me vino mi madre a la cabeza. Sentí que me ahogaba y tuve que salir a respirar aire puro.

—¿Tu madre? Nunca me has hablado de ella.

—Tú no lo sabes, pero con ella siempre tuve una relación difícil, fría, encontrada, sin pizca de comprensión.

—No sabía que tenías eso guardado por dentro, Evaluz. Me gustaría que me hablaras de ella, pero trata de verla ahora con ojos adultos y, sobre todo, con misericordia. Piensa que debió haber tenido alguna razón para comportarse así.

—Quizás nadie la enseñó a amar. Por mi familia corría la historia de mi madre huérfana de padre y abandonada por mi abuela, que cuando enviudó hizo las maletas y se fue a Europa, dándole la espalda al corazón y a sus tres hijos.

—¿Y qué fue de tu madre Evaluz?

—Quedó a cargo de una tía, como sus dos hermanos. La cuidaron y la trataron bien, pero sin que el amor fuera una prioridad en su educación.

—¿Y pudo salir adelante?

–A aquella niña, sumamente inteligente, nunca le dieron la oportunidad de estudiar más allá de la escuela primaria. Pero por las noches, ella se metía debajo de la cama con una vela a leer libro tras libro, con una curiosidad insaciable.

–¿Y qué cuentan en tu familia de sus amores?

–Aparte de un noviazgo adolescente, el único amor que conoció en su vida fue el de mi padre, y se colgó a su cuello con una sed tal...

–... que hasta sus hijos se convirtieron para ella en una señal de peligro. ¿No fue así Evaluz?

–Posiblemente, porque de todos nosotros, uno solo sobrevivió a la resequedad: el varón, en quien mi madre vio la figura idealizada de su padre muerto cuando ella tenía tres años.

–Piensa... ¿qué herencia te dejó tu madre?

–¿i...!?

–Piensa profundamente... Tú no eres sólo tu padre, con el que ya sé que estabas muy identificada, tienes muchas cosas de ella también. ¿Cómo se llamaba?

–Mina.

–Los nombres siempre tienen que ver con el ser de las personas. Y las minas esconden grandes tesoros en sus profundidades.

–Ella tenía una mente muy libre, provocativamente libre. Aparte de su dependencia emocional de mi padre, era mucho más avanzada que el resto de las mujeres de su tiempo. No conocía el significado de la palabra prejuicio. Se reía de los moralismos miopes y de la mojigatería que la rodeaba con un abrasivo sentido del humor.

—Entonces, le debes a ella tu amor a la libertad.

—Pues sí, nunca antes me había dado cuenta de eso... Pero sí, ella me enseño a ser libre y a sentirme orgullosa de ser mujer.

—¿Qué más?

—Tenía muy buen gusto, escribía y pintaba muy bonito. Mi parte artística se la debo a ella. Además, le gustaba estar sola. Después de almuerzo, se desconectaba de la casa y de la familia y se pasaba horas leyendo en su cuarto. Y aunque parecía estar ajena a muchas cosas, tenía una intuición que paraba los pelos de punta.

—Debió haberte querido mucho, Evaluz, aunque no supiera demostrártelo.

—Eso nunca lo hubiera imaginado.

—Probablemente te consideraba una rival del cariño de tu padre y nunca aprendió a manejar ese miedo.

—Si lo sentía así, era un miedo tonto. Mi padre la adoraba y siempre se lo demostró. Yo simplemente era una niña sedienta del cariño de los dos. Al no encontrarlo a su lado, me fui a donde se me daba a manos llenas.

–Los miedos son irracionales Evaluz, y se alimentan de la inseguridad, por eso son tan devastadores. Arrasan con todo y ni siquiera saben a ciencia cierta porqué.

–¿Sabes? Ella también le tenía miedo al mar. Yo no entendía como podía pasarse el verano entero en la casa de la playa sin acercarse al agua. Se concentraba en su jardín y no había quien la sacara de allí, perdida entre sus flores. Sé que le hubiera gustado más tener una finca, lejos del mar.

–El mar es símbolo del amor. Ella, simplemente, le tenía miedo a lo desconocido.

–Manchita... De pronto me ha venido a la mente con gran nitidez una historia que me hizo mi padre antes de morir, y que yo enterré en mi resentimiento sin prestarle atención...

–¿Qué te dijo?

–"Tu madre estuvo tres días de parto contigo. Por poco se muere. Exhausta, cuando ya le quedaba muy poca fuerza, me llamó y me dijo al oído: 'Salva a la niña y déjame morir a mí... sálvala' ".

A Manchita se le hizo un nudo en la garganta. Se subió en mi hombro y sin decir palabra iniciamos el regreso a la cabaña, donde íbamos a pasar nuestra última noche en la selva. En silencio, mi corazón repetía hasta el cansancio: "Santa madre mía, ruega por tu hija, que por tantos años te consideró pecadora, ahora y en la hora de su muerte. Amén".

77

Otra vez el amor

–¡Manchita, despiértate!... Vamos... hazme caso.

–¿Qué quieres?

–Necesito hablar contigo sobre la libertad.

–Evaluz, ¡son las 4 de la mañana y dentro de un rato nos vamos de viaje! ¡Estás atropellando mi libertad!

–Por favor, Manchita, he descubierto muchas cosas esta noche y si no te las cuento ahora, se me van a olvidar.

–Escríbelas, mujer, y mañana hablamos.

–No es lo mismo.

–Bueno, está bien, pero más vale que valgan la pena, porque si no, no haces el cuento.

–Conocí a un hombre...

–¿Cuándo?

–Hace meses...

–¿Y a qué viene eso ahora?

–Es que ahora es cuando me he dado cuenta...

–¿Qué pasa con el dichoso hombre?

–Que dice ser muy libre.

–¿Y?

—Que no lo es.

—Entonces es un mentiroso. Acuéstate y duérmete.

—No es ningún mentiroso, Manchita. Él cree de verdad que es libre.

—¿Y cómo sabes tú que no lo es?

—Bueno, eso es lo que he descubierto. Él piensa que porque se divorció, vendió sus propiedades, dejó su negocio y ahora se dedica a ayudar a la gente, es libre.

—Pero eso huele a libertad y también a valentía. ¿Tú cómo lo ves?

—Reconozco que el hombre dio un gran paso de liberación y que es valiente.

—¿Pero...?

—Pero ahora tiene miedo a perder esa libertad. Y la libertad no se puede perder si de verdad se ha conseguido. Eso es lo que he descubierto. Es un proceso irreversible. Sin embargo, él tiene miedo de que lo engatusen y lo controlen. Y una persona libre no tiene miedo.

—A lo mejor ha sufrido mucho y no quiere volver a sufrir. Quizás ha tenido relaciones muy destructivas y no quiere caer en eso de nuevo.

—No estoy muy segura de que sea así Manchita, aunque no te niego que lo he pensado.

—¿Y quién cree él que lo va a atrapar?

—Yo.

—¡¿Tú?! Pero si a ti no hay quien te pesque; ¿cómo te vas a convertir ahora en "devoradora de hombres"?

—Yo sé que eso no está en mi agenda, pero él no lo sabe. Tiene miedo de enamorarse, porque para él, enamorarse es un engaño que lleva a la posesión, al control y a los celos.

—¡Eso es amor de telenovela!

—Exactamente...

—Evaluz, perdóname, pero esto no me cuadra nada con el personaje valiente que dio todos esos pasos difíciles para liberarse.

—¿Verdad que es raro? Parece que hubiera crecido en todo menos en la relación de pareja. Y lo que es peor, si le contradices su idea rudimentaria del amor, le causa ira y miedo.

—¿Y qué vuelta le ha dado? ¡Porque darle la espalda al amor humano no es fácil!

—Ha descubierto "la sublimación del Kundalini" y anda como niño con juguete nuevo.

—Sí, ese descubrimiento y el poder que encierra es importante para muchos; pero para otros significa irse por la tangente.

—Desgraciadamente, eso les pasa a los hombres que han abusado del sexo o lo han equiparado al amor. Si dan el salto cuántico a la espiritualidad, no quieren saber nada de "aquello" que los perturbó y los ató.

—En tu mundo, muchas personas que se sienten llamadas por Dios han creído que deben sublimar el sexo para que su entrega sea total. Los gatos no nos complicamos tanto y vivimos arañando el infinito... Y volviendo a tu amigo, ¿no pensará castrarse, verdad?

—No lo creo, pero, ¡quién sabe! Cuando la gente se vuelve "más papista que el Papa", hace cosas extrañas.

—Para tu tranquilidad, hubo maestros que no se tragaron esa píldora. La decisión de sublimar, muy respetable y auténtica en ciertos casos, en otros implica soberbia o miedo. Hay quienes se creen mejores que los demás por el control que han adquirido sobre su cuerpo físico; hay quienes también andan huyendo de la responsabilidad que implica la vida diaria; o de las relaciones personales que no saben manejar.

—O para ser más creativos, ésa es otra excusa... ¿Y qué pasa con los que somos creativos sin necesidad de sublimar nada? Mira, todo esto me parece tan absurdo...

—Olvídate de eso y relájate. Lo que pasa es que tú vienes de un planeta con dos soles, y la gente que llega de esos lugares no comprende la vida bajo un Rey Sol y una Luna que es sólo su reflejo, pero de eso hablaremos otro día.

—¿Vengo de un planeta con dos soles?

—Probablemente vienes de Sirio, como los egipcios, con su luz cambiante y sus ríos de plata... Mirándote bien, tienes bastante parecido con Nefertiti.

—¿En qué quedamos gata, soy iraní o egipcia?

82

–Eres un poquito de todo, como las facetas de un prisma. A veces se ilumina más una cara que otra, pero todas están allí y cada cual tiene su función... ¿Qué te parece si dormimos un poco Evaluz, llevamos cuatro horas conversando y dentro de poco hay que tomar un avión.

–No puedo, estoy demasiado alterada, pero para tranquilizarme te voy a preparar tu desayuno favorito. ¡Eres una supergata y estoy feliz de que seas mi amiga!

–Definitivamente, tú estás loca, Evaluz.

Segunda Parte
Historias del Tarot

Un gato gigante

—Vamos a dar un paseo por la selva. Todavía tenemos tiempo de tomar el avión. Antes de irnos, quiero enseñarte algo que encontré el otro día.

—Yo creía que tenías sueño, Manchita.

—Bueno, no puedo dejarte aquí frustrada. ¿No crees?

—Gracias amiga. ¿A dónde vamos?

—Sígueme.

Evaluz y Manchita salieron de la cabaña. El sol acababa de despertar en toda su gloria, brillando intensamente sobre la jungla.

—Manchita, llevamos mucho tiempo caminando y me estoy cansando. Nunca antes habíamos explorado esta parte de la selva. Me da miedo.

—Estás conmigo, ¿de acuerdo? No hay nada que temer sino tus tontos miedos.

Las dos siguieron caminando hasta que llegaron a una pequeña loma.

—Vamos a subir. Tenemos que llegar a una cueva que hay arriba.

Evaluz no abrió la boca. Estaba extenuada pero había aprendido a confiar en su amiga. Siguieron subiendo hasta que Manchita le señaló algo. Era la entrada de una gran cueva, imposible de ver a simple vista.

—Parece muy oscura —dijo Evaluz temblando.

—Espérate a que entremos. Te vas a sorprender.

Las amigas empezaron a caminar por la oscuridad de la cueva. De pronto, una suave luz las envolvió.

—¡Qué belleza! —exclamó Evaluz.

—Sigue caminando, ya estamos llegando.

Sin hablar, se internaron aún más en la cueva, hasta que llegaron a un recodo. Cuando le dieron la vuelta, vieron asombradas lo que parecía ser un sarcófago muy viejo cubierto de moho. Evaluz se paralizó. Manchita, sin embargo, siguió caminando confiadamente hacia el sarcófago y con un golpe de su pata lo abrió sin esfuerzo.

—¡Anjá! Es lo que yo pensaba. Ven acá muchacha, mira esto.

Evaluz se acerco con cuidado. Súbitamente, un murciélago intentó volar sobre su cabeza pero se enredó en su pelo.

—¡Ay, no! ¡Socorro! ¡Ayúdame, Manchita!

—Tranquilízate...

La gata saltó a su hombro y mirando fijamente al murciélago le ordenó:

—¡Vete de aquí!

Con un chillido, el murciélago obedeció inmediatamente. Evaluz estaba temblando, pero la curiosidad se había apoderado de ella. Se acercó al sarcófago y miró adentro. Todo lo que vio fueron unos viejos y sucios pedazos de papiro dispersos por toda la tumba.

—¿Qué es esto? —preguntó, tratando de esconder su desencanto, al tiempo que agarraba uno de los pedazos de pergamino.

—¡No toques nada! —gritó Manchita.

Pero la advertencia llegó demasiado tarde. Todo empezó a girar alrededor de ellas. Cada vez más rápido soplaba el viento hasta que perdieron el conocimiento. Cuando despertaron, se encontraron dentro de una pirámide con las paredes cubiertas de oro y jeroglíficos.

—¿Dónde estamos, Manchita?

—Estamos en el Antiguo Egipto. No debiste haber tocado esos papiros. Habían estado dormidos en esa cueva durante cientos de años y estaban ansiosos de regresar a su lugar de origen. El toque de una mano humana era todo lo que necesitaban para regresar a casa.

—¿Estamos atrapadas aquí para siempre, Manchita?

—Yo no diría eso. Recuerda, yo nací en Egipto hace muchos siglos. Vamos a explorar un poco. Quizás aprendamos algo interesante.

Evaluz miró rápidamente hacia su izquierda donde había oído algo moverse. Divertida y azorada vio a un gato del tamaño de un hombre empacando algo en un bulto.

—Mi espíritu tiene mucha prisa —dijo el gato.

—El mío también —rió Evaluz.

—Él no te puede ni oír ni ver —le susurró Manchita—. Estamos en el mismo lugar, pero en una dimensión diferente. Es como mirar una película en 3-D... más o menos.

—¿Qué está haciendo, Manchita?

—Empacando. Creo que se va con su perro.

–¡Cierto!

Un perro africano mordisqueaba su pie, mientras Evaluz contemplaba maravillada la extraña escena.

–Esos sí eran buenos tiempos. Entonces los perros sabían quiénes eran sus legítimos dueños. Ahora todo está al revés.

–Quien no tiene una meta fija nunca puede perder su camino –dijo el gato acariciando a su perro suavemente.

–Vamos Loco, –le dijo el perro–: La Emperatriz nos está esperando.

–Manchita, yo creo que ellos son como iguales...

–Bueno, quizás tengas razón. Vamos a seguirlos.

Manchita y Evaluz siguieron a la pareja dispareja por unas escaleras empinadas hasta lo que parecía ser el aposento principal de la pirámide. Una Emperatriz muy triste estaba sentada en su trono de oro.

–Mi preciosa señora, ¿quiere que le cante una canción?

–No Gato Loco, quiero morir.

–¿Morir tan joven, reina dorada? ¿Puedo preguntarle la razón?

–Todos mis peces están enfermos. No quieren comer. No quieren nadar. Están arrinconados en una esquina del estanque. ¡No sé qué hacer!, suspiró la soberana.

–Anjá, quizás sea tiempo de visitar a la Ama de los Peces –dijo el Gato Loco.

–¡No tenemos tiempo! Ra está al llegar en su Barca Solar y necesita a sus peces pilotos para que lo guíen por el inframundo.

–Cálmese, bella señora. ¿Alguna vez el Loco la ha decepcionado?

–¡Guau! ¡Si no hubiera sido por mí, muchas veces!

–Bravo, ¿estás celoso? –le preguntó el Gato Loco a su perro riendo.

–¡Dejen de pelear y pónganse en marcha, o Apep, la serpiente acuática, traerá la oscuridad al Nilo para siempre!

Y el gato, seguido por Bravo, salió de la cámara cantando: "En todo Cuento de Hadas hay una Reina y un Loco, y si alguno de ellos te toca, te recuperarás muy poco".

– ¿Dónde está el Ama de los Peces, Manchita?

–No sé... y tengo la impresión de que el Gato Loco tampoco lo sabe.

– ¡El no parece preocupado para nada!

–El Loco nunca tiene miedo ni se preocupa, muchacha. Nunca piensa en las consecuencias. Por eso siempre está contento. Se necesita entrenamiento para ser infeliz.

– ¿A dónde quieres ir, Bravo?

–Por supuesto que a la Ama de los Peces, Loco.

–Sigamos este camino hacia el Gran Río.

–¡Pero esto es el desierto!

–Es tan bonito y ancho...

–¡Está lleno de leones y escorpiones!

–Oye, Bravo. Creo que el corazón del desierto está empezando a latir.

– ¡Es una tormenta de arena, Loco! ¡Viene una tormenta! ¡Y ya sabes que a Seth le gusta jugar sucio!

–¡Maravilloso! ¡No he estado en una tormenta desde hace mucho!

–¿Quién es Seth, Manchita?

–El dios del desierto. ¡Presta atención!

–¿Qué vamos a hacer ahora? –preguntó el perro.

–Te preocupas demasiado, Bravo. Tengo todo lo que necesito en mi bulto. Manchita y Evaluz vieron como el Gato Loco desató su paquete y sacó una varita de él. Luego se inclinó y dibujó un círculo alrededor suyo y del perro.

–Un círculo mágico. ¡Qué idea ten buena! –exclamó Manchita.

–¿Para qué? Mira la tormenta de arena. Ya casi no se puede ver nada. ¡El desierto nos va a tragar!

–No, si nos metemos dentro del círculo. ¡Vamos!

–Pero...

—Sabes algo Evaluz; tú y el Bravo harían buena pareja. No usas tu intuición demasiado. El círculo mágico nos protegerá del peligro. Adentro tenemos todas las energías que necesitamos para sobrevivir.

—¡Mira eso! —gritó Evaluz—. La arena roja está pasando a nuestro lado a una velocidad tremenda, oscureciéndolo todo!

—Todo, menos lo que está dentro del círculo. ¿Te das cuenta?

El círculo era como el reflector de un teatro. Perfectamente claro, luminoso y redondo. El Gato Loco estaba gozando de lo lindo absorbiendo la fuerza de la tormenta desde la seguridad de su palco. Bravo había cerrado los ojos, colgado de los pantalones de su amigo como si su vida dependiera de ello. Manchita y Evaluz no pudieron sino reír. La inocencia del Loco les había robado el corazón y había hecho que todo pareciera un juego.

Poco a poco, el viento se cansó de ulular y abandonó el misterioso desierto a su soledad. El tiempo había desaparecido. El Loco y Bravo salieron del círculo para seguir contentos su búsqueda del Gran Río. Manchita y Evaluz los siguieron. Ya no estaban cansadas.

Después de un tiempo, una bandada de ibis blancos y grandes parches de hierba les avisaron que estaban cerca del agua.

— ¡Mira Bravo, hemos llegado al Gran Río!

Bravo, que no era muy amigo de ladrar, saludó la buena noticia con un gran aullido. Ambos se acercaron al sagrado Nilo con respeto. Cuando miraron dentro del agua, un grupo de barbos y carpas danzarinas les dieron la bienvenida alegremente.

–¿Dónde está el Ama de los Peces? –preguntó el Gato Loco.

Los peces dejaron de bailar y cerraron filas en formación militar.

–¿Qué quieres con el Ama? –preguntó un koi amarillo con manchas negras, que parecía ser el comandante del grupo.

–Necesitamos hacerle una pregunta de parte de la Emperatriz –respondió el Loco.

–Para eso tienen que venir conmigo al fondo del río.

–¡No lo hagas Loco! –le rogó Bravo–. Puede ser peligroso. Además, tú ni siquiera sabes nadar.

– ¿Y tú cómo lo sabes? Yo mismo no lo sé. Nunca lo he probado. ¡Vamos!

Y en un abrir y cerrar de ojos, el Gato Loco se lanzó a las tibias aguas del Nilo, desapareciendo inmediatamente en las profundidades. Bravo se quedó en la orilla, lamentando la muerte inminente de su amigo.

–¡Vamos, Evaluz, atrévete! Vamos a ver qué se trae entre manos el Gato Loco –anunció Manchita, mientras saltaba en las aguas invisibles arrastrando a la renuente muchacha con ella.

Bajaron cada vez más y más hondo, sin que nadie las viera ni notara su presencia. Pero ellas sí estaban muy al tanto de la escuela de peces que iba escoltando al Loco, a medida que descendían hacia el oscuro y espeso abismo, donde no llegaba la luz.

De pronto, una silueta luminosa empezó a moverse hacia el Gato Loco. Cuando estuvo cerca, el gato pudo ver que era una hermosa criatura ciega, delgada como un caballito de mar, cubierta de brillantes escamas: un pez de luz.

—Bienvenido a mi reino, Loco. Siempre había querido conocerte. La leyenda dice que no tienes miedos.

—La leyenda también dice que los aires proféticos habitan tu espíritu, señora. Me siento honrado de aprender de ti.

— ¿Que necesitas saber, Loco?

—La Emperatriz tiene problemas, señora. Todos sus peces parecen estar enfermos y ella está aterrada pensando que van a morir.

—La Emperatriz teme que el Sol Ra no tenga listos a sus pilotos para su travesía nocturna a través de los profundos canales del inframundo.

—Precisamente, noble Ama. Ra no tendría el aviso de sus pilotos cuando se acercara a su archienemiga, la serpiente del agua.

–Ah, si, Apep, ese lagarto malvado, maestro del caos y oponente de la luz.

– ¿Qué podemos hacer para salvar a los peces?

–La Emperatriz ha olvidado invocar a Nekhbet, la diosa buitre, madre divina y protectora del faraón. Unas cuantas gotas de leche de sus pechos curarán a los peces inmediatamente.

–Gracias, amada señora. Al Khem y el mundo de la luz siempre te estarán agradecidos.

–El mundo de la luz nace de la oscuridad de mis ojos. Recuerda eso siempre, Loco.

Y diciendo esas palabras, el Ama de los Peces desapareció entre las sombras del Río Sagrado.

Escoltado de nuevo por las carpas y los barbos, el Gato Loco regresó a la orilla del río, donde Bravo lo esperaba con ansiedad.

–¡Has vuelto, qué bueno! ¡Regresaste! No sabía que te quería tanto –le dijo el perro moviendo la cola y saltándole encima–. ¿Cómo fue todo?

–No te voy a contar nada. ¡Tú no mereces saber la historia hasta que eches a la basura todos tus miedos!

–Pero... ¿tenemos una respuesta para la Emperatriz?

–¡Claro que sí, perro de poca fe!

Manchita y Evaluz, que estaban empapadas pero felices, disfrutaban de lo lindo el intercambio entre los amigos.

—¿Ves, muchacha? Atrévete a dar el paso siempre. Algunos te dirán que eres sabia. Otros pensarán que estás loca. No les hagas caso a ninguno de los dos. ¡Simplemente, ten el valor de mirar más allá!

La magia de la Luna: el Ibis, el Avestruz y el Carro Solar

El Gato Loco, seguido de su perro africano, entró en la inmensa pirámide donde los estaba esperando la Emperatriz. A una distancia prudencial, los seguían Manchita y Evaluz. Rápidamente llegaron a la Cámara Real, pero cortésmente se detuvieron a la entrada. La Emperatriz, aún muy pálida, conversaba con el Ibis Mago y el Avestruz Justiciera.

—Entra, Loco —dijo la Emperatriz con entusiasmo—. El Mago y la Dama Justa me han traído noticias de Ra. Ellos partirán dentro de poco con él en su barca.

—Saludos, distinguida señora. Soy portador de buenas nuevas.

—¿Has visto al Ama de los Peces?

—Ella te envía sus bendiciones y te dice que debes llamar a Nekhbet para que venga en tu ayuda.

—Ah, sí, Nekhbet —dijo el Mago—, la poderosa diosa aura.

—La leche de sus pechos sanará a los peces enfermos de tu estanque —añadió el Loco.

—¡Por supuesto! —dijo el Avestruz sonriendo—. El amor de una madre puede curar cualquier cosa.

La Emperatriz puso su mano izquierda sobre el ombligo y encima de ésta colocó la derecha, inclinó la cabeza y quedó en silencio largo rato. De repente, se escuchó un poderoso agitar de alas y una enorme sombra se abatió sobre el estanque. Había llegado Nekhbet. Todos observaban con profunda deferencia mientras la diosa de los buitres establecía un vínculo con los peces y los amamantaba, uno por uno, hasta que podían nadar con facilidad nuevamente. Sin decir palabra, la magnífica Nekhbet remontó vuelo y se marchó una vez cumplida su misión.

—Debe tener en mente a la diosa, Majestad —dijo el Avestruz—. Recuerde que ella es la protectora oficial del faraón desde su nacimiento y eso puede otorgarles a ustedes dos un poder increíble.

—He estado tan preocupada con mis peces que he olvidado muchas cosas importantes. Pero creo que ella me ha perdonado.

—Has hecho un trabajo excelente, Loco —dijo el Mago volviéndose hacia el gato.

—La Dama Justa y yo nos haremos cargo de ahora en adelante.

El Loco, haciendo una profunda reverencia, tomó su mochila y su perro y salió de la cámara canturreando su canción predilecta: "En todas las Casas de Hadas hay una Emperatriz y un Loco y si alguno de ellos te toca, te recuperarás muy poco".

—Con los peces como timoneles, ahora estamos bien preparados para combatir a los monstruos del inframundo —dijo el Mago—. A menos que...

—¿De qué combate están hablando, Manchita?

—Ya verás, Evaluz.

—A mi adversario le va a ser muy difícil destruirnos —dijo la Dama Justa.

—Cuento con tu enfoque excepcional para este tipo de combate, Mago.

—Apep es un perverso demonio. No va a ser fácil —contestó el Ibis—. No obstante, acompañaremos a Ra en su enfrentamiento con su peor enemigo con la protección de la Luna.

Seguidos de cerca por Manchita y Evaluz, todos salieron de la cámara para acompañar al Dios Sol en su viaje de todas las noches.

—Deja lugar para lo inesperado, Dama Justa —dijo el Mago con una sonrisa enigmática—: Voy a transformar a Apep en uno de nosotros.

—Ten cuidado, Mago, Apep es muy inteligente.

—Mi mandril es aún más listo, Avestruz. Él distraerá a Apep cuando comience a cantarle a la Luna, y tú vas a ver el corazón de Ra manifestarse en Apep.

—Ya veremos, Mago, todo es posible.

Los dos amigos se encaminaron hacia la Barca Solar, donde Ra los estaba esperando en total control de los remos. La Luz no se le muestra a nadie salvo a este par. Sin embargo, el Ibis y el Avestruz saben que Ra nunca se revela totalmente y que siempre sería un misterio para ellos.

—Manchita, ¿el Dios Sol va a atravesar el inframundo en ese botecito?

—Sí, Evaluz. El tamaño no importa. La barca de Ra es un vehículo de conquista, en la que él se mete en la oscuridad para sondear su poder. Lo importante es su valor y su deseo de ofrecer luz y calor al mundo cada día. ¡Salta! Vamos con ellos.

—Vamos, amigos —dijo Ra, instando al Mago y a la Dama Justa para que se apuraran en saltar a la barca—: Es hora. Los peces están esperando.

Ra sabía que no podía volverse atrás. Todas las noches millones de personas cerraban los ojos con la certeza de que mientras ellas dormían, el Sol velaría por la seguridad de su mundo. Él no podía defraudarlas.

–Transformados por la magia de la Luna, veremos muchos monstruos en las sombras, uno de ellos podría ser Apep, la mortífera serpiente –dijo el Avestruz.

–Va a ser aterrador al principio –respondió el Ibis–. Pero nuestros ojos se acostumbrarán a los trucos de la Luna y nuestras preocupaciones desaparecerán rápidamente.

–Bendigo la suerte de tener guías como ustedes en quienes se puede confiar en este sendero –dijo con resonante voz Ra, dándole una palmada en la espalda al Mago.

Mientras se alistaban para entrar al canal que conduce al inframundo, la Luna Llena resplandecía en el cielo. En ese momento, Ra se encontraba entre dos mundos, sin un puente que le facilitara el cruce. Era su hora de la verdad, un instante pavoroso e impresionante. Pero el esplendor del nuevo día que aguardaba del otro lado hizo que el Dios Sol deseara avanzar.

–No entiendo, Manchita. ¿Qué se proponen?

–Van a confrontar a Apep, la serpiente feroz que quiere devorar a Ra y erradicar la Luz del mundo. El largo viaje de Ra tiene que conducir a un nuevo día. Ese es su desafío.

En la Barca Solar todo parecía misterioso e incierto, pero Ra confiaba en sus amigos y en sí mismo.

—¡Miren! —gritó el Avestruz—. Los peces se detuvieron. ¡Se está formando una ola gigantesca por allá!

De repente, bajo las turbulentas aguas, todos pudieron ver la cabeza enorme y grotesca de Apep que comenzaba a emerger. Tenía la boca abierta, con sus poderosos colmillos listos para triturar a cualquiera. El Mago llamó al mandril que saltó de su camastro y se trepó en el disco celeste que estaba sobre la testa de Ra. Curiosa, Apep volteó la cabeza para mirar al mono que le cantaba a la Luna embelesada. El monstruo permaneció inmóvil, paralizado, con los ojos fijos en el mandril. El Mago, aprovechando la oportunidad, hizo acopio de todas sus fuerzas y apuntando con el dedo a la serpiente, la increpó con voz potente: "¡Regresa a la Unidad!" Apep, al escuchar la orden, sacó a la superficie su enorme cuello escamoso y dejó escapar un espeluznante alarido de dolor. Pero en vez de arremeter contra la barca, viró en redondo y desapareció lentamente en las profundas aguas del inframundo.

—¡Qué cosa tan increíble Manchita!

—Ra gobierna por derecho divino, muchacha y recibe ayuda del universo de formas misteriosas. Su amigo, el Mago, puede ver al Uno detrás de las aparentes fuerzas opuestas que hay en la naturaleza. Él le abrió esa ventana a Apep esta noche.

—Pero el enemigo sigue vivo —cuestionó Evaluz.

—La respuesta no es destruir el mal, sino darle la oportunidad para que se transforme en algo beneficioso. Los opuestos se pueden complementar.

—Entonces, ¿el Avestruz no va a condenar a la serpiente? —preguntó Evaluz.

—A la Justicia no le interesa el castigo. Ella se ocupa de restablecer la armonía en el mundo. Y eso se logró esta noche.

La salida del sol es un momento prodigioso, lleno de promesas. Encaminados por los peces guías, el Ibis, el Avestruz y Ra alcanzaron la Luz una vez más. Un reto que Ra debe aceptar día tras día hasta el final de los tiempos.

La Dama del Alma y el Anciano Sabio

–Vamos a quedarnos aquí un rato, Manchita. La Luna todavía se ve en el cielo y todo está tan apacible –dijo Evaluz, que se había dado una caída dentro de la barca y cojeaba un poco.

"Yo soy todo lo que ha sido, todo lo que es, todo lo que será. Ningún mortal ha podido descubrir lo que está debajo de mi velo".

–¿Qué estás leyendo, Manchita?

–Estoy leyendo la inscripción que aparece en la base de esa estatua. Ven, para que la veas.

–Es una figura muy antigua, la cara de la mujer está casi borrada.

–Eso no importa –dijo una voz profunda.

Manchita y Evaluz se dieron vuelta. No vieron a nadie. Pero lentamente, una figura de edad indefinida surgió de los oscuros canales del inframundo. La cabeza de la mujer estaba adornada con una guirnalda de flores; sus ojos sonreían. Se acercó a Evaluz, y arrodillándose ante ella, le tocó un pie.

—Ya está, ahora te sentirás mejor.

—Gracias —dijo la chica asombrada—. ¿Cómo supiste?

La señora sonrió.

—Lo que ves con tus ojos no es importante —dijo—. Lo que está detrás de tu velo sí lo es. Para descubrir eso, tienes que mirar hacia adentro. ¿Qué ves?

Evaluz cerró los ojos. Todo se volvió oscuro, muy oscuro.

—No... No puedo...

—Ten paciencia. Mientras más confianza tengas en ti misma, más claras serán tus percepciones.

—Puedo... ¡Puedo leer los pensamientos de Manchita! ¡Se está riendo de mí!

—¿Yo? Nooo... Estás equivocada —dijo Manchita y saltó a su lado.

—No... ¡No estoy equivocada!

—Excelente, muchacha —dijo la misteriosa figura que parecía conocerla muy bien.

—Confía en tu instinto, en tu intuición, y paso a paso irás adquiriendo poderes.

–¿Cómo Manchita?

–Umm... Más aún.

Ahora Manchita se arrastraba por el piso de la risa.

–¿Podré sanar como tú?

–Podrás sanar y además podrás percibir cosas que están más allá del alcance de los sentidos humanos. Podrás entenderlo todo.

–¡Todo el mundo me va a admirar!

–¡Cuidado, Evaluz! Hay una línea muy fina entre volverse una gran sacerdotisa y una payasa cabeza hueca.

–¡Yo no quiero ser una payasa!

–Entonces busca siempre tus verdaderos móviles. Si utilizas tus poderes para bien de todos, brillarás como una estrella sin darte ni cuenta.

–¿Y si no?

–Serás una lamentable payasa y ocasionarás mucho dolor innecesariamente.

Evaluz estaba tan impresionada con aquella señora que no se había percatado hasta ahora del tiempo que llevaban hablando. Hasta ese momento no habían podido hablar con nadie. Eran invisibles para los seres de aquella era. Perpleja, vio que Manchita se acercaba a ellas en compañía de un hombre alto y delgado.

–Hola, Hombre Sabio –dijo la señora con calma–. Hacía tiempo que no te veía.

—Hace exactamente cuatro meses, amiga mía.

—Ah, sí; cuatro largos y gratificantes meses...

—¿Qué has aprendido esta vez?

—Ahora soy capaz de aceptar mis poderes. Ya no los proyecto sobre ti.

El anciano sonrió con gesto aprobatorio, pero nadie captó realmente los profundos sentimientos ocultos tras su insondable mirada.

—Veo que tienes una nueva amiga —dijo la Dama del Alma, cambiando la conversación.

—Conozco a Manchita hace mucho tiempo. En otra época se llamaba Bast, la Dama de la Llama, patrona de los gatos.

—Manchita, ¡¿tú fuiste una diosa?!

—Bueno, hace mucho tiempo de eso. Solo recuerdo que me gustaban los perfumes y las joyas, mintió la gata, con el rostro rojo como un tomate.

—Dime una cosa, Manchita, ¿cómo es que podemos hablar con esta gente ahora?

—Porque son maestros espirituales. Ellos pueden ver a través de los velos de los sentidos y se pueden comunicar directamente con toda la naturaleza fuera del tiempo y el espacio.

—Ustedes dos son muy afortunadas —dijo la Dama del Alma, que escuchaba la conversación—. El Anciano Sabio rara vez habla con alguien. Probablemente él considera que ustedes son dos almas gemelas.

—¡Caramba! —exclamaron Manchita y Evaluz al unísono.

—Él no da sermones —continuo diciendo la Dama del Alma—. Se brinda él mismo. Si alguien está listo para observar y escuchar, él lo puede ayudar a encontrar su luz interior.

—¡Yo estoy lista! —dijo Evaluz rápidamente.

El anciano sonrió una vez más y dijo:

—Es muy sencillo. Confía en tu yo interno. Deja que él te guíe. Entonces comprenderás porqué "el que mira hacia fuera está soñando; y el que mira hacia adentro está despierto".

—Pero tienes que ser valiente para embarcarte en ese viaje —dijo la Dama del Alma en un susurro—. En corto tiempo el mundo exterior empezará a parecerte poco importante.

—Eso asusta... —dijo Evaluz.

—Sí, y además te vas a sentir sola a veces —agregó la señora.

—Ya no estoy tan segura que quiero ser una maestra espiritual...

—Tienes tiempo para pensar qué camino quieres seguir —le dijo el Anciano Sabio.

—No hay apuro... Pero no te confundas. El maestro sigue participando en la vida, pero de una forma nueva. Él o ella esperará pacientemente hasta que los demás, cada cual en su momento y a su manera, alcancen un mayor estado de conciencia.

—Ese camino me parece terriblemente difícil y largo.

—Es fácil, pero para seguirlo tienes que ser valerosa y estar llena de amor hacia todos los seres.

—¿Y si pierdo la paciencia?

—Entonces, tienes que pensar que el ser divino que hay en ti no usa reloj —replicó el Anciano Sabio sonriendo.

La Dama del Alma tomó su guirnalda de flores y se la puso a Evaluz sobre la cabeza.

—Adiós muchacha, tengo que ir a visitar a mi madre. La primavera casi está aquí y tenemos mucho trabajo por hacer.

—Adiós Evaluz y Manchita. Tomen mi lámpara —dijo el Anciano Sabio—. Podrían necesitarla para llegar a su próximo destino. Nos encontraremos nuevamente cuando quieran escuchar a un tamborilero diferente. Entonces descubrirán lo que es la verdadera felicidad.

Propósito, Fortaleza y Poder

Manchita y Evaluz se miraron sin comprender demasiado lo que acababa de pasar y echaron a andar en silencio atravesando el oasis que tenían delante. Sus mentes seguían reflexionando sobre su encuentro con los dos maestros.

Al atardecer, llegaron a un oasis con innumerables datileras, higos, sicomoros y granadas, que rodeaban un gran estanque. Y quedaron pasmadas del asombro. Nueve leones montaban guardia afuera de un portón. Con la lámpara del Anciano Sabio pudieron ver una casa de ladrillos al final de un jardín, rodeada de jazmines y pequeños crisantemos amarillos. La escena era extraordinariamente apacible, a no ser por los leones.

–Esos leones no parecen muy amistosos, Manchita.

–Probablemente no lo son. Pero recuerda que no nos pueden ver ni olfatear.

–¡Eso es verdad! Vamos a acercarnos.

A medida que las amigas se acercaban al portón, pudieron ver una inscripción en el muro que decía: "Que cada día pueda yo caminar a la orilla del agua; que mi alma descanse en las ramas de los árboles que sembré; que me pueda refrescar bajo la sombra de mi sicomoro".

—¿Quién vive aquí, Manchita?

—No sé, pero va a ser difícil entrar.

En ese momento, escucharon el ruido de un carruaje que se acercaba. Era una carroza dorada, guiada por dos caballos negros, que se detuvo ante el portón. Los leones inmediatamente se apartaron de la puerta dejando el paso libre para que una dama muy distinguida entrara al jardín.

—Manchita, yo creo haber visto a esa señora antes.

—¡Apúrate! ¡Vamos a entrar antes de que la puerta se cierre de nuevo!

Y las dos amigas entraron corriendo al jardín, pocos pasos detrás de la señora, que caminaba sola hacia la casa.

—¡Ya sé quién es ella! ¡La Emperatriz que conocimos en la pirámide! —dijo Evaluz.

—¿Estás segura? Hay mucha oscuridad.

—Claro que estoy segura. Pero hoy se ve confiada y en control.

—Me pregunto a quién viene a visitar —dijo Manchita.

Al aproximarse a la casa, la puerta se abrió. Parada en la entrada había una mujer joven y animosa, de ojos muy negros, que le dio la bienvenida a la Emperatriz con entusiasmo.

—Qué honor, mi reina. Pasa, por favor.

Manchita y Evaluz entraron también. Las paredes de la casa, pintadas de azul, tenían una cenefa con pétalos de loto. El piso era de mosaicos y en el centro de la habitación había un altar dedicado a la Diosa Isis. Un dispositivo parecido a una bombilla eléctrica antigua iluminaba una leyenda escrita junto a la deidad: "Mi corazón es de mi madre Isis."

—Necesito tu ayuda, Fortaleza —dijo la Emperatriz—. El Emperador está pensando ir a la guerra.

—¿Ir a la guerra, dama dorada? Pero nosotros vivimos en un país pacífico. No somos invasores ni conquistadores.

—Así es. Pero el Dios Sekhmet quiere que el Emperador ponga orden al caos que nuestros enemigos están creando en el norte.

—¿Vinieron por mar?

—Vinieron por mar y ya están en nuestra tierra.

—¿Y cómo puedo ayudarte?

—Necesitamos tus leones y tu fortaleza.

La joven quedó silenciosa y pensativa por un momento.

—Mis leones te los puedo dar... pero yo... yo soy tan fiera como ellos. Me he pasado toda la vida tratado de balancear la criatura salvaje que hay dentro de mí.

—¿A qué le temes? —preguntó la Emperatriz.

—No sé cómo reaccionaría en una guerra. No quiero convertirme en una bestia.

121

—Tu destino es convertirte en la persona que realmente eres —respondió la Emperatriz— no en la que tú crees ser. Te conozco desde hace mucho tiempo. Tu inclinación hacia el bien siempre ha eclipsado tus otras tendencias.

—Gracias por tu confianza, mi señora.

—Estoy segura que en este momento estás preparada para integrar cualquier nivel de oscuridad que se presente. Sé que confías en la poderosa madre Isis. Entrégale tu energía interna para que la revitalice. Ella te ayudará a realizar tu misión debidamente.

—La guerra es una carnicería —dijo la joven con franqueza.

—El Emperador puede evitar una matanza con tu ayuda, si logra actuar con presteza.

—Él es un rey benévolo —reconoció la hermosa mujer—. Siempre ha gobernado a través del servicio.

—Tal vez él pueda detener la guerra mediante la diplomacia. Mi esposo es un estratega sagaz. Tal vez con su disciplina y su conocimiento interior pueda conquistar a sus enemigos sin derramamiento de sangre.

—Aun así necesita contar con el apoyo del pueblo. ¿Quién los va a convencer de que él está haciendo lo correcto?

—El Hierofante.

—¡Ah, el Hierofante! No es mi personaje favorito, ese intérprete de los misterios...

La Emperatriz sonrió.

–Mi querida Fortaleza, cuando los humanos no han aprendido aún a escuchar su voz interior, el Hierofante les ofrece la sabiduría de un sistema de valores que los guíe en su sendero.

–Lo sé; lo sé. Al menos este sacerdote no está sediento de poder. Es una buena persona, verdaderamente dedicada a servir a los dioses y al Emperador...

–¿Pero?

–Ya no lo necesito.

–Pero nosotros te necesitamos a ti. Eres pura y fuerte –alegó la Emperatriz en tono convincente–. Por favor, acompáñame al templo a ver al Emperador y al Hierofante. Si el plan de ellos no te convence, eres libre de negarte a ir al norte con ellos.

–¿Libre, mi señora?

–Libre, Fortaleza; te lo prometo.

–Entonces, vámonos.

–Presiento, amiga mía, que los largos años de exilio autoimpuesto por tus miedos y dudas, terminarán con esta aventura –le aseguró la Emperatriz.

Manchita y Evaluz vieron a las dos mujeres entrar en el carro dorado y cerrar la puerta. La Luna era el único testigo. Los nueve leones volvieron a montar guardia junto al portón del jardín, esperando pacientemente el regreso de su ama.

Los Amantes y la Rueda de la Fortuna

Manchita y Evaluz decidieron dormir un rato, pero al poco tiempo empezaron a conversar nuevamente sobre los pros y los contras de la guerra. El oasis era amplio y acogedor. Había muchas frutas para comer. Las dos amigas tenían hambre, y se detuvieron debajo de una palmera a recoger algunos dátiles. De repente, notaron que había una criatura sin forma definida recostada contra el tronco. Parecía un pedazo de lienzo transparente sin facciones visibles.

—Bienvenidas Manchita y Evaluz —dijo aquel extraño ser.

—¡Nos conoce! ¡Nos puede ver! —dijo Evaluz.

—Las conozco y puedo sentirlas, pero no puedo verlas. No tengo ojos.

—¿Cómo te llamas? —preguntó Manchita.

—Me llaman Amor.

—¿Amor? —repitió con curiosidad la muchacha.

—Sí, Amor —dijo una voz familiar detrás de ellas.

La gata y su amiga viraron en redondo y vieron a la Dama del Alma que se acercaba con una cesta llena de flores que colocó frente a la figura informe.

—El Amor no pertenece a nadie en particular sino al universo completo. Esa es una lección muy difícil que yo aprendí hace muchos años —dijo ella.

—¿Pero qué pasa con el amor humano? —preguntó Evaluz un poco angustiada.

La Dama del Alma sonrió.

—Hubo una época en la que había mucha frustración en mi vida. Estaba locamente enamorada... o al menos eso creía yo. Pero fallé en mis esfuerzos por conquistar el corazón de quien amaba.

—¿Tú, siendo una mujer tan hermosa? —preguntó Evaluz.

—Traté de alcanzarlo, pero fallé en cada intento. Observaba con impotencia cómo mi amigo se apartaba de mí. Estaba desesperada.

—Fueron tiempos difíciles —dijo al Anciano Sabio que apareció de la nada y se unió a la conversación.

—¿Tú la conocías a ella en ese entonces? —preguntó Manchita.

—Sí, cuando no era tan viejo y desde luego no era sabio.

—Él siempre ha sido sabio —aclaró la Dama del Alma—. Él me hizo ver mi egoísmo, mi absoluta locura. Yo lo quería a él como un premio, como mi trofeo personal.

—¿Estuviste enamorada del Anciano Sabio? —preguntó Evaluz emocionada.

126

–Muy enamorada... creía yo. Pero descubrí que lo que yo llamaba amor formaba parte de esas cosas que suceden y luego pasan, y que no son permanentes.

–Ella tuvo la oportunidad de reconocer dónde estaba su verdadero sustento y lo acogió de corazón –explicó el Anciano Sabio.

–Después de mucho sufrimiento –dijo la señora dulcemente.

–Manchita, ésa es la historia de mi vida, pero yo no he podido sobreponerme al dolor –dijo Evaluz con voz quejumbrosa.

–Es la historia de todo el mundo, Evaluz. Pero no te alarmes. Ese sufrimiento tiene un final –interrumpió la Dama del Alma.

–Yo no he encontrado ese final –insistió la muchacha.

–Yo también estaba enamorado de ella –dijo el Anciano Sabio–. Pero no sufría. Yo entendía la naturaleza del amor. No la quería como una posesión mía, sino como una criatura que fluía libremente, así como nuestro amigo que está aquí.´

El Anciano Sabio señaló hacia la figura amorfa que ahora irradiaba luz.

–¡Pero yo quiero ser especial! ¡Quiero saber que soy importante para la persona que amo! –dijo Evaluz exasperada.

–No hay nada especial en el universo –respondió Manchita lentamente, sintiendo el dolor agudo de su amiga–. Me imagino que lo que tratan de decirnos es que todas las criaturas son una sola y la misma energía divina. Si pretendes ser especial estás fomentando la separación. Y eso es ilusión.

–¿El amor es una ilusión?

–El amor especial lo es. Siempre termina en desengaño y más sufrimiento.

–¡¡¡No!!!

La Dama del Alma se acercó a Evaluz que ahora lloraba, y la estrechó contra su corazón.

–Lo que tú quieres es lo mismo que quería yo, y que no comprendía en aquel momento. Tú quieres ser completa y buscas con frenesí alguien que te complete.

–Si miras profundamente dentro de tu naturaleza, Evaluz, verás que tú eres un todo –dijo el Anciano Sabio–: No necesitas que nadie te dé nada.

–Hay otro giro en esta historia –susurró Manchita–: Una unión en la que ambos seres conocen su verdadera naturaleza. Entonces todo el universo cantará con ellos.

–Eso es muy difícil de encontrar, desde luego –advirtió la Dama del Alma.

–Pero es posible –dijo el Anciano Sabio con un guiño–. Cuando llegue el momento, tú estarás lista para conocer a la pareja que siempre has añorado.

−Mientras tanto, deja que lo desconocido llegue a tu vida, Evaluz. Si lo haces, nunca volverás a ser la misma −explicó la Dama del Alma a la muchacha, ya más calmada−. Esta nueva idea sobre el Amor tal vez te resulte difícil de aceptar ahora, pero posiblemente te traiga una gran dicha más tarde. Confía.

−Supongo que la Rueda de la Vida tiene que seguir girando −dijo Evaluz con un suspiro−. Nadie escapa a los cambios de su fortuna.

−Pero observa la rueda, amiga mía −dijo Manchita−. La única parte que no sube ni baja es el eje, que viene a ser tu ser eterno. Si encuentras tu eje, nada te podrá volver a separar de la paz.

La Ejecución de la Muerte

Evaluz y Manchita continuaron su viaje a través del desierto. Allá en la distancia vieron unas luces que comenzaban a encenderse en un sitio ignoto. Otro día se iba adormeciendo. Las lágrimas brotaban lentamente de los ojos de Evaluz, mientras caminaban en silencio hacia aquellas luces. Más adelante encontraron otro grupo de palmeras alrededor de una pequeña laguna. Un Hombre harapiento se estaba lavando la cara en aquel estanque. A su lado había una soga con un lazo. Lentamente, el hombre se incorporó y empezó a colgar la soga de una de las palmas. Una figura siniestra se le acercó riendo.

—De modo que te das por vencido. ¡Qué bueno! Ya tengo algo que llevar a casa esta noche.

—Déjame en paz, Muerte —gritó el Hombre—. Ya tendremos tiempo de hablar después.

—Mírate. Eres una vergüenza. El Destino te ganó la partida, ¿no es cierto?

—¿Y quién le gana al Destino?

—¡Sin lugar a dudas no le gana una persona débil como tú, que cree que la solución es el sacrificio!

—¿Entonces, quién gana?

131

—Un Guerrero Espiritual.

—No hay guerreros espirituales; sólo seres humanos que sufren.

—¡Ah! ¿Así que ahora eres una víctima a merced de los dioses? ¡Qué triste!

—Tú sabes que llevo mucho tiempo sufriendo. Traté muchas veces de vencer mi dolor y hubo períodos en los que creí haberlo logrado. ¡Pero todo lo que he hecho ha sido inútil!

—¿Deprimido porque toda esa comprensión que creías haber ganado ha desaparecido? ¡Vamos! ¡Tú sabes más que eso!

—Ya no sé nada. No tengo poder para controlar mi destino.

—Te has olvidado de tu nombre ancestral. Por eso te sigues sintiendo culpable aunque no entiendas porqué.

—Soy culpable.

—Estás atrapado por tu propia mente. ¿Quieres que ocurra un milagro?

—No creo en milagros.

—¡Aun en medio de tu desesperación, pueden ocurrir cosas maravillosas! Renuncia a tu voluntad pasada de moda y confía en la voluntad de la Divinidad.

—La Divinidad me ha abandonado.

—No me hagas reír.

—Estoy sufriendo verdaderamente, Muerte.

–Eso crees tú. Trata de recordar tu verdadero nombre, oculto en tu memoria. Tu nombre ancestral es el nombre de tus hermanos y es a la vez el tuyo propio. Clama por ese nombre y la Divinidad te responderá, porque la estarás invocando a ella misma.

El Hombre miró a la Muerte intensamente. El tiempo se desvaneció a su alrededor. Lentamente bajó la soga de la palmera y la colocó sin prisa sobre la tierra a sus pies. Tenía los ojos muy abiertos.

–Te dejo –dijo la Muerte con una sonrisa enigmática–: Has encontrado tu verdadero nombre. Donde no hay dolor ni sufrimiento, no hay Muerte. Has llegado a la tierra de la paz; la única que siempre existió.

Manchita y Evaluz quedaron paralizadas ante esta extraña escena.

–¿Entendiste algo de lo que pasó? –preguntó Manchita a su amiga.

–Creo que sí... No estoy segura.

Tomará algún esfuerzo antes que Evaluz recuerde y se vea a sí misma como una persona nueva y completa, pensó Manchita. Pero no dijo ni una palabra.

–¿Qué piensas tú, Manchita?

–Si no podemos sobreponernos a nuestros viejos patrones de pensamiento, entonces la Muerte puede aparecer en uno de sus muchos disfraces.

–Te refieres nuevamente a "eso" de dejar ir, ¿no es cierto?

—Por difícil que parezca, "eso" te liberaría de las viejas ataduras que te aprisionan y te impiden ver la Vida tal como es. No hay más miedo, ni más peligro, cuando dejamos ir.

—Todo esto tiene que ver con mi sufrimiento...

—Con el sufrimiento de todos. La felicidad, como la infelicidad, viene y va. Trata de ser solo un espejo en el que ambas se reflejen; nada más. Una vez que empieces a ver esto con claridad, serás libre al fin.

El Cambio Perpetuo y el Príncipe Sereno

Las luces de aquella ciudad desconocida centelleaban como llamas de fuego a medida que Evaluz y Manchita se aproximaban a una triple muralla con cuatro puertas, una en cada punto cardinal. Aquellas luces tenían un algo fascinante. Cuando las dos amigas estaban dando la vuelta alrededor de la muralla de la ciudadela, les llamó la atención la puerta que daba al este, flanqueada por dos pilares dorados. Con curiosidad, se acercaron más y vieron algo que estaba escrito en uno de los pilares: "Esta puerta te llevará a un lugar de prodigios. Cuando empiezas a explorar mundos nuevos, nunca sabes cómo

ELENA IGLESIAS

ni dónde vas a terminar. Lo nuevo proviene del Misterio. ¿Estás listo para recibir ese regalo?".

—¡Vamos, Evaluz!

—¿Estás segura, Manchita?

—Estoy bien segura...

Manchita empujó la puerta y entró. Su amiga la siguió. Asombradas, observaron que las tres murallas estaban revestidas una de bronce, otra de estaño y la muralla interior, que rodeaba la ciudadela, relucía con un impresionante reflejo luminoso rojo.

—Eso es orichalcum, Evaluz, un misterioso metal que resplandece como el fuego y parece cobre.

—¿Orichalcum? Jamás había oído hablar de ese metal, Manchita.

—Es muy antiguo y desconocido. Se supone que proviene de la Atlántida.

—¿La Atlántida? ¿Quieres decir que hemos traspasado las puertas de la Atlántida?

Manchita no pudo contestar. El torbellino que en otra ocasión las había llevado a Egipto, las envolvió nuevamente en un remolino interminable. Solamente podían oír el palpitar de su propio corazón. Después, todo se oscureció.

—¡Despierta! Estamos llegando a nuestro destino —dijo una amable voz, sacudiendo suavemente a Evaluz.

Cuando la muchacha abrió los ojos, vio a Manchita sentada tranquilamente a su lado.

138

–¿Dónde estamos?

–Mira a tu alrededor. Estamos en un barco, en medio del mar.

–¡Vaya!

–¿Ves aquella vegetación tropical allá a lo lejos? Hacia allí nos dirigimos.

La embarcación de madera, no muy grande, se encaminaba a tierra firme.

–¿Quién me despertó?

–Le dicen el Príncipe Sereno. Parece ser el líder de este grupo.

–¿Quién es esta gente?

–¿Por qué no le preguntas al Príncipe, Evaluz?

El Príncipe Sereno se les acercó y se sentó al lado de la joven.

–¿Cómo te sientes? Ustedes dos iban a la deriva encima de un madero cuando las divisamos. Cuando lleguemos a casa se sentirán mejor.

–¿Es usted realmente un príncipe? –preguntó Evaluz.

–Soy un sacerdote, pero mi pueblo me llama el Príncipe Sereno –contestó él con una sonrisa.

–¿Dónde estamos? ¿Quién es su pueblo?

–Ustedes están en la tierra de los mayas. Hace ya muchos años navegamos grandes distancias para llegar a este lugar y fundar una ciudad.

—¿De dónde venían?

El Príncipe Sereno le contó a Evaluz que una noche la sacerdotisa del Ama de los Peces, protectora de la Atlántida, tierra de gigantes, sigilosamente se le acercó e hizo una profecía.

—Eres el mejor y más sabio sacerdote de mi reino, y por eso te he elegido.

—Me siento honrado, sabia señora. ¿Qué puedo hacer por el pueblo?

—Mis astrónomos han leído los cielos y dicen que nuestra tierra desaparecerá cuando llegue la próxima luna.

—Por generaciones, los atlantes vivieron en armonía en una sociedad rica, poderosa y tecnológicamente avanzada, provista de toda clase de metales preciosos, maderas aromáticas, delicadezas tropicales y abundancia de animales. Pero poco a poco fueron cambiando. La avaricia y la ambición desmedida fomentaron la corrupción y comenzó la guerra entre hermanos —explicó el Príncipe Sereno—. Cuando la chispa divina dentro de ellos se nubló y sus características humanas predominaron, dejaron de tener la capacidad de llevar su prosperidad con moderación. Los atlantes perdieron su sabiduría cegados por su ansia de poder.

Mientras contaba esta historia, el rostro del Príncipe se iba entristeciendo al recordar aquel día.

—Quiero que escojas un grupo de familias del reino y a los escribas más sabios para que se ocupen de contar la historia de nuestro pueblo y anoten lo que sucederá en el futuro —dijo la sacerdotisa.

—Ella me reveló que llegaría a un lugar donde debía fundar una ciudad —explicó el Príncipe Sereno.

—Debajo del templo principal guardarás las escrituras del pasado y las que están por escribirse, para conservar la historia de la Atlántida —continuó la sacerdotisa.

—Unos pocos escogidos huyeron de la Atlántida a pie y en barco. Yo guiaba uno de aquellos barcos. Yo sabía que encontraría un sitio sin ríos ni montañas y que allí era donde debía desembarcar.

El Príncipe Sereno les contó a Manchita y a Evaluz que después de navegar durante dos días, el mar se encrespó con olas tan altas que dos de los botes se hundieron y el resto se perdió en el océano. Ellos nunca supieron si aquellos barcos llegaron a su destino.

—Nuestro reino se sumió en tinieblas antes de desaparecer en el océano —dijo el Príncipe Sereno, perdido en sus recuerdos—. Pero llegamos a aquella tierra donde no había ríos ni montañas y con la ayuda de los dioses y la fortaleza del hombre fundamos nuestra ciudad.

El barco de madera llegó a puerto y desembarcó en una ciudad majestuosa. Una enorme pirámide plateada

141

esculpida en terrazas, en el centro de una plaza circular, dio la bienvenida a Manchita y Evaluz.

—Las llevaré a su recámara —dijo el Príncipe—. Allí podrán descansar y recuperarse del viaje.

Una vez que estuvieron a solas, Evaluz saltó sobre una confortable e inusitada cama, y le dijo a Manchita:

—Estoy muy confundida. ¿Estos mayas son realmente atlantes?

—Lo son, Evaluz. Las antiguas civilizaciones de las que tenemos noticia en el Valle del Indus, Egipto, Mesopotamia, Asia, Creta, México, Centroamérica y Sudamérica, son todas colonias atlantes fundadas por los sobrevivientes del cataclismo que destruyó un continente que existió 11,000 años antes de nuestra era. Esas colonias, como ésta en México, intentaron recrear su paraíso perdido en nuevas tierras.

—¡Entonces estamos en México!

—Así es. Pero ellos todavía no saben que es México. Ese nombre aparecerá muchos siglos después.

—Pero allí ellos pueden vernos.

—Es otra dimensión. Cada plano es diferente.

—¿Y quién es el Príncipe Sereno?

—Es un sabio atlante de la Escuela de Naacal, una persona que ha entendido los ritos iniciáticos de la Vida en un proceso de constante transformación. Él se ha convertido en un hombre verdadero, un hombre capaz de gobernar las fuerzas del universo para el bien de su pueblo.

—¿Cómo se convierte uno en hombre verdadero... o en mi caso, en una mujer verdadera?

—Hay fuerzas que operan en el cosmos y en nosotros mismos que trascienden nuestra experiencia cotidiana. Un maestro confía en esas corrientes más profundas y fluye con ellas.

—¿Tuvieron todas las colonias maestros que las guiaran?

—Aparentemente, sí. Se llamaban "héroes civilizadores".

—¿Por qué?

—Porque enseñaban a los pueblos todo el conocimiento que llevaban consigo de su tierra.

—¿Cómo qué?

—La agricultura en primer lugar; pero además les enseñaron a domesticar animales; la transmutación de los metales; a erigir sin esfuerzo gigantescas estructuras como las pirámides de Egipto y Perú; el alfabeto y la astronomía. Ellos conocían todo sobre teleportación, telepatía y levitación.

—¿Cómo sabes todo eso, Manchita?

—Bueno, recuerda que yo ando dando vueltas por ahí.... hace siglos.

—Estos héroes civilizadores parecen algo así como dioses o ángeles.

143

—Los han llamado todo eso, Evaluz. Yo los llamo "nosotros".

—¿Nosotros?

—Sí, nosotros somos los hijos e hijas de los Ángeles Caídos, los mismos héroes tan humanos que se enamoraron de las hermosas hijas del hombre. Estos no eran dioses caídos sino hombres sabios que vinieron como misioneros de la Atlántida... ¿De qué otra forma iban ellos a unirse a hembras humanas y tener hijos?

—Ellos no vinieron de la Atlántida. Vinieron de estrellas muy lejanas.

—¿Qué estás diciendo, Evaluz?

—¡Ellos vinieron de estrellas muy lejanas!

—¿Y cómo lo sabes, amiga?

—Lo sé porque uno de ellos era Hamaliel.

—¿Tu Hamaliel?

—Sí. ¿Quieres escuchar mi historia ahora? Nunca has querido oírla. Tal vez así comprendas por qué me puse tan triste cuando la Dama del Alma me habló del amor verdadero.

—Está bien, Evaluz; pero espero que sea una historia convincente.

—Ya lo verás, gata. Esta es mi oportunidad de enseñarte algo a ti.

144

El Reino Prohibido:
Una Historia de Amor

Y sucedió, que en aquellos días se multiplicaron los hijos de los hombres, y les nacieron hijas hermosas y lindas. Y los ángeles, los hijos del cielo, las vieron y las desearon, y se dijeron unos a otros: "Vayamos y escojamos esposas entre las hijas de los hombres y engendremos hijos". Entonces Semjaza, que era su jefe, les dijo: "Temo que no cumpláis realmente con esta acción y sea yo quien tenga que pagar por un gran pecado". Y ellos le respondieron: "Juremos todos comprometiéndonos los unos con los otros so pena de maldición a no retroceder en este plan". Entonces hicieron un juramento comprometiéndose los unos con los otros, bajo mutua imprecación, a cumplirlo. Y eran en total doscientos; los que descendieron en los días de Jared sobre la cima de un monte al que llamaron Monte Hermón, porque sobre él habían jurado....

Evaluz estaba recitando de memoria una extensa cita del Libro de Enoc: los Guardianes. Manchita estaba impresionada.

—Nunca antes se lo había dicho a nadie, pero siempre me sentí como si yo fuera la otra mitad de algo que perdí, uno de esos seres divididos en dos que Platón mencionaba. Ese es el motivo de mi insatisfacción, mi búsqueda constante del amor. Empezaré por contarte acerca del mudo resentimiento que guardé por muchos años y que tanto daño me hacía, aunque no me diera cuenta.

—¿Rabia, Evaluz?

—Sí, Manchita: rabia. Escucha, por favor.

—A ese otro ser que era parte de mí le he dado diferentes nombres: "amor verdadero", "alma gemela", "amigo íntimo"... Intuitivamente yo estaba buscando a un hombre que había sido totalmente mío por su libre albedrío, hace cientos, tal vez miles de años. Yo estaba segura de su existencia, de nuestra experiencia personal.

–Tú me has trasmitido esa certeza a través de los años, por eso siempre me ha preocupado tu cordura.

–En mi búsqueda a ciegas, Manchita, hubo circunstancias en los que una sombra me transportaba siglos atrás, con una sensación de *déjà vu*, al momento en que yo era un ser humano completo. Pero la aparición se desvanecía enseguida dejándome sumida en el vacío y el dolor.

–Nadie puede vivir eternamente en el dolor, querida amiga.

–El dolor a veces permanecía adormecido por años. Yo lo arropaba para mantenerlo cómodo. Cuando estaba adormecido yo podía funcionar en el mundo. Continuaba con mi proceso, tratando de vencer mis mezquindades, hurgando dentro de mi alma, amando. Hasta que aparecía alguien en mi vida y abría la puerta al dolor. Entonces volvía a sentir esa sensación de frialdad. Me daba cuenta de que seguía ahí. El dolor no había desaparecido.

–Tú alimentabas tu dolor, Evaluz. Lo hiciste tu ídolo.

–Como quieras. Pero ese dolor me decía que estaba siendo castigada o que me estaban poniendo a prueba por mi insolencia al enamorarme de un ángel, igual que cuando Psique se enamoró de Eros.

149

—Afrodita expulsó a Psique del paraíso y la hizo recorrer el mundo entero y pasar las pruebas más increíbles.

—Así es, gata. La Diosa quería saber si ella merecía algo tan elevado y tan ajeno a su clase, un pálido reflejo del rigor de Dios.

—¿El rigor de Dios?

—¿Ves, Manchita? Por eso nunca insistí en contarte la historia. ¡Sabía que no entenderías!

—Dame una oportunidad, amiga mía. Tal vez solo estoy sorprendida. Quizás nunca llegué a conocer la profundidad de tu alma.

—Igual que Psique, esperé con perseverancia a que Dios permitiera una reunión. Pero mi persistencia estaba llena de rebeldía y resentimiento. Por eso no obtenía la aprobación de los que se consideran buenos. Esos que juegan a divertirse con los sentimientos humanos para poder sentir lo que no son capaces de sentir. Ese es el juego de los poderes superiores. Lo que yo considero la Sombra de Dios.

—Si el amor es algo que uno debe merecer, como decían los magos, me pregunto si vas a seguir sumergida en tu infierno interior por toda la eternidad, Evaluz; una pira que obstinadamente te niegas a abandonar.

—Un ángel se enamoró de mí y bajó a la Tierra a buscarme, Manchita. Tal vez pienses que estoy loca, pero eso fue la plenitud y la inocencia.

–¿Qué pasó con la Ley de Dios?

–La Ley no lo aceptó. A nosotros nos pusieron en el mismo saco que a las estrellas fugaces que también bajaron pero cayeron en la corrupción. En ese gran saco había muchos relucientes diamantes, pero Enoc y los Guardianes rehusaban verlos.

–Para Enoc, Evaluz, las hijas de los hombres eran perversas y estaban en la Tierra solo como una tentación. Algo que él aceptaba para los hombres, pero nunca para los ángeles.

–¡Pero no hay pureza superior a la pureza del amor! Los ángeles y los hombres que permanecen en celibato son tan incompletos como yo. Solo que ellos eligieron vivir en ese desierto por amor (o por lo menos eso es lo que dicen).

–Tú, por el contrario, no elegiste tu soledad ni tu falta de sensaciones o de sentidos.

–¡Manchita, tú sí comprendes!

–Los poderes superiores te sacaron los ojos pensando que estaban llenos de la imagen de tu ángel. Te cortaron las manos porque las vieron temblar con sus caricias. Querían dejarte incapacitada para escuchar su voz, oler su piel, y disfrutar sus besos.

Evaluz llorabas incontrolablemente.

–Todos esos esfuerzos eran innecesarios e inútiles. Mucho antes de que ellos terminaran su labor, mi ángel me había despojado de mis sentidos. Cuando él se

151

marchó, quiso llevarse consigo parte de mi condición humana junto con sus recuerdos.

—Y a cambio, te marcó de por vida con su intuición...

—Por vasto y pobre que sea el canal que la recibió, amiga.

—Cierra los ojos y trata de recordar los detalles, Evaluz. Tal vez así tu herida empiece a sanar.

—Recuerdo con nitidez ese día... Vi una estrella azul en el cielo que parecía dirigirse hacia mí cuando miraba por la ventana de mi pequeña casa. Yo tenía diecisiete años, el pelo castaño y grandes ojos, y era aún bastante inocente. Mi nombre era Armaita.

—El espíritu de la verdad, la sabiduría y la bondad.

—¿Qué quieres decir?

—Armaita es un ángel que visita la tierra para hacer el bien.

—No sé nada de eso. Lo único que sé es que yo estaba fascinada con las estrellas que parecían millones de ojos que decían mi nombre, como si me conocieran desde que era niña. Había una enorme en particular que me llamaba la atención. Era muy brillante, con un centro azul, y se dilataba como las pupilas de tus ojos por la noche. Yo experimentaba una gran felicidad cuando observaba aquella enorme pupila en el cielo. Luego sentía un gran impulso de conquistar el sendero que llevaba hasta la estrella. Aquel impulso viajaba en la noche hasta llegar a un corazón desconocido para mí.

Manchita escuchaba con atención. Había dejado a un lado su sarcasmo, sus dudas.

—Yo vestía una túnica amplia sin mangas, atada en la cintura con un cinturón de seda. Era de color verde pálido, casi blanco. Mi casa era de color marrón claro, y tenía dos enormes ventanas orientadas en la dirección del viento. Tenía una puerta ancha y el interior era muy sencillo, solo había unos pocos muebles. Sobre una mesa de piedra estaban los manuscritos que mi padre estudiaba constantemente. Hael era un escriba del templo, donde pasaba muchas horas inclinado sobre los papiros, leyendo y escribiendo. Tenía una sonrisa dulce, que yo heredé, pero su pelo negro y su cara aceitunada indicaban que yo me parecía a mi madre, Chantare, una mujer a la cual nunca conocí porque murió durante el parto poco después que el barco que nos llevaba a nuestro nuevo destino en Egipto zozobró.

—Así que tú procedes de la Atlántida también, igual que el Príncipe Sereno.

—Eso fue lo que me dijo Hael, pero nunca lo creí hasta esta noche.

—Debes haber quedado fascinada con la estrella azul que venía hacia ti.

—Yo salí al atrio abierto que bordeaba la casa, que tenía alrededor un muro, no muy alto, que también seguía la dirección del viento. En una esquina, había un pozo rústico incrustado entre una datilera y una higuera. Afuera se extendía el desierto con sus enormes círculos concéntricos de tonos dorados y rojizos. Todo parecía lejano como en un sueño. No solo mi estrella se estaba moviendo, sino que había decenas de brillantes estrellas que se dirigían hacia la Tierra. El único sonido eran los fuertes latidos de mi corazón cuando la noche se convirtió en día, y la luz tocó las casas de mi pueblo. Pequeñas casas, muy parecidas a la nuestra, que se podían ver en la distancia, suficientemente separadas unas de otras como para no molestar a los pájaros de la noche.

Manchita contuvo el aliento. Estaba a punto de descubrir la historia de amor que había quemado y marcado a su amiga para siempre. Una historia de amor que ella siempre había descartado como una fantasía ridícula.

—Yo estaba en el atrio. Asombrada, vi cómo la estrella se convertía en una llamarada a medida que se acercaba. Aquella increíble energía envolvió mi cuerpo y por un momento pensé que me iba a consumir. Cerré los ojos y cuando los volví a abrir, allí estaba aquel hombre de edad indefinida frente a mí. Tenía el cabello negro rizado, vestía una túnica azul oscuro y calzaba sandalias de cuero. Se me acercó y con una tierna mirada en sus ojos me tomó de la mano y me condujo hacia un banco cercano al pozo. Allí, por horas y horas me habló de su mundo y de su amor.

—¿Y te dijo su nombre?

–Sí, me dijo que se llamaba Hamaliel. Además me contó que desde una montaña que estaba al otro lado del cielo, me observaba cada mañana cuando iba a sacar agua del pozo.

–¡Él era uno de los ángeles que habían abandonado la presencia de Dios con un grupo de amigos para venir a la Tierra y casarse con las hijas de los hombres! –exclamó la gata emocionada.

–Eso a mí no me importaba en lo absoluto, Manchita. Lo único que yo sabía era que él me amó desde el día en que yo descubrí su estrella en los cielos y quise desesperadamente seguir el sendero.

–Él se enamoró de ti, igual que muchos de sus compañeros se enamoraron de otras mujeres de la Tierra. Para disgusto de Enoc, cuya labor consistía en preservar la pureza de los ángeles, esos seres que no podían ser contaminados por las mujeres de la Tierra.

–Por eso había tantas luces en el cielo aquella noche, Manchita. Doscientos ángeles rebeldes decidieron bajar aquí para unirse con las mujeres de los hombres y saborear los placeres prohibidos a las castas superiores. Mi ángel y yo vivimos juntos y felices durante siete años. Tuvimos un hijo con el mismo pelo rizado de su padre, solo que su cabello era castaño, y su piel muy blanca, igual que la mía. Nuestro hijo se llamó Raziel.

–¡Raziel, el ángel con dominio sobre los torbellinos! No en balde llegamos a Egipto arrastradas por fuertes vientos; y a México también! Él te está cuidando, Evaluz. Te está acompañando en esta experiencia reveladora.

—¿Mi hijo Raziel?

—Tu hijo; él debe amarte mucho.

—Yo recuerdo, Manchita, cuando nos sentábamos con su abuelo mientras Hamaliel nos leía historias secretas de unos antiguos manuscritos dorados que guardaba en su túnica. Él nos explicaba el significado de aquellos misteriosos papiros que Hael guardaba con tanto celo en el templo. Entre nosotros cuatro había esa armonía que facilita tanto que las ideas fluyan hacia una comprensión, guardada en lo profundo de nuestros corazones.

—¿Hamaliel te instruía?

—Él me enseñaba con su amor infinito. Pasábamos horas abrazados, comunicándonos sin palabras, y el amor era tan profundo que me dolía. La sabiduría fluía de un alma a otra sin diferencias ni puentes. Éramos uno solo, y esa unidad atraía a todo el mundo en nuestro pueblo. Venían a nuestra casa buscando consuelo, orientación, salud o tan solo una palabra amorosa. La puerta nunca estaba cerrada a las necesidades de aquéllos que traspasaban el umbral.

Mi padre reflexionaba sobre todas estas cosas. Sus sabios ojos, acostumbrados a entenderlo y aceptarlo todo, de vez en cuando se veían tristes. Él sabía que tarde o temprano yo sufriría.

—¿Estabas tú ciega a ese desenlace, Evaluz?

—Deseaba estar ciega. A pesar de que sabía que Hamaliel tenía una misión, no quería pensar en las posibles consecuencias.

—¿Qué sabías tú acerca de su tarea?

—Por la noche, cuando las estrellas brillaban con más fuerza, Hamaliel salía al atrio de la casa, y ahí, sentado en la baranda ondulada como el viento, pasaba horas contemplando el cielo. Se sentía sobrecogido de nostalgia cuando hablaba con Dios sobre su misión, una asignación tan secreta que ni siquiera el gran Enoc la conocía.

—En realidad, Evaluz, ellos no eran ángeles caídos que iban a procrear seres abominables.

—Precisamente, Manchita, pero eso saldría a la luz miles de años después, cuando los papiros escritos por Hael fueran descubiertos en la Tierra. Entonces todo el mundo sabría que aquellos ángeles vinieron con la función de enseñar a los hombres.

—Después que la sabiduría desapareció en el mar junto con la Atlántida, los hombres se sumergieron en el mundo de los sentidos, perdiendo su percepción de los aspectos sutiles. Eso era necesario para preservar la sabiduría de los mundos superiores y para sembrar las semillas de un nuevo orden, que con el tiempo produciría un gran cambio en la conciencia de la humanidad. La sacerdotisa del Ama de los Peces lo sabía.

—Tú sabes mucho sobre los atlantes, Manchita.

—Sí, pero nunca descubrí su conexión con los ángeles.

—Las mujeres atlantes fueron las últimas, junto con los niños, en perder el contacto con los ángeles. Por esa razón ellas llamaban a los ángeles para que se unieran con ellas. Los ángeles vieron en esto la oportunidad de crear un linaje celestial que llevara en su sangre la sabiduría eterna.

—Poseidón había hecho lo mismo una vez antes —recordó la gata— cuando se unió a una mujer llamada Cleito, para concebir a los hijos de la Atlántida.

—Hamaliel sabía que la unión de los hijos de Dios con las hijas de los hombres produciría el nacimiento de gigantes, maestros de la humanidad. Tal como estaba destinado a ser su pequeño Raziel. Él lo estaba preparando para enseñar a sus hermanos a aceptar el Misterio como una parte hermosa de la vida. En vez de analizar minuciosamente la Creación, Raziel los inspiraría a venerar la vida y el cosmos en toda su complejidad. Él sería un filósofo original y brillante, que renovaría la mente humana con sus audaces ideas.

—Debes haberte sentido muy orgullosa, Evaluz.

—Me sentía dichosa, pero con el paso de los años una pequeña cruz apareció en mi corazón, una cruz tan lacerante que comenzó a asfixiar mi dicha. Tuve la vaga realización de que Hamaliel no se quedaría conmigo. Cada vez que aquel pensamiento cruzaba mi mente, me faltaba el aire. Me sentía como muerta. Rechazaba esa idea, pero la pequeña cruz en mi corazón seguía quemando.

—Pero él te amaba.

—No era que él no me amara. Yo estaba segura de eso. Él me amaba incondicionalmente. Pero yo notaba una gran tristeza en sus ojos que después de algunos meses se convirtió en comprensión y en aceptación más tarde. Hacíamos el amor todos los días. Al principio con desesperación, como si nuestra separación fuera inminente. Pero a medida que sus ojos cambiaban, la entrega cambiaba en intensidad. Nunca lo sentí tan intensamente mío como en los días anteriores a su partida.

—¿Hamaliel sabía que sus días en la Tierra estaban contados?

—Lo sabía y le pidió a Dios que le diera tiempo para prepararme. Le fueron concedidos 36 días con sus noches. Durante ese tiempo, unidos en cuerpo y alma, jamás nos separamos. Pasamos nuestros últimos días juntos abrazados con total aceptación de parte de Hamaliel y con infinita angustia de mi parte. Exactamente el día 36, Hamaliel salió al atrio cuando aparecieron las primeras estrellas en el cielo.

—Me voy, Armaita, debo regresar a la Gran Obra —dijo, y en sus ojos había paz—. Pero tú siempre estarás en mi corazón. Esperaré por ti todo el tiempo que sea necesario porque algún día tú también comprenderás.

La experiencia de tu amor humano me ha hecho más completo. En algún punto en este presente infinito, las castas celestiales desaparecerán, porque los hijos de los hombres recobrarán su dignidad, desempeñando el papel para el que fueron creados: iluminar conscientemente la Sombra de Dios. Ahora es muy pronto. La humanidad tiene mucho que aprender, mucho que crecer, y durante todo ese proceso de aprendizaje habrá incontables manifestaciones de belleza y de fealdad. Al hombre le será encomendada la tarea de integrar esas dos manifestaciones y cuando lo haga, descubrirá su poder y su gloria.

–Cuando su fuerza interior finalmente se manifieste en forma equilibrada –continuó Hamaliel– la humanidad se dará cuenta que es parte del mismo Dios del que reniega, que siempre ha sido parte de Dios, y entonces todas las barreras desaparecerán como por arte de la verdadera magia. Será como un regreso al hogar con toda la riqueza acumulada durante el viaje. Como yo, que regreso cargado con un enorme tesoro de misterios que encontré en el corazón de los hombres. No llores, jamás dudes de mi amor por ti. Ahora debemos separarnos, pero cuando llegue el momento adecuado, nos encontraremos nuevamente y juntos continuaremos la Gran Obra, la integración de la luz y la oscuridad.

–Me abrazó como solo él sabía hacerlo. Yo cerré los ojos y él desapareció, dejando tras de sí una estela radiante en el desierto. No me moví de la puerta. Yo creía haber entendido todas sus enseñanzas y su misión. Sin embargo, ante el dolor de su partida, me di cuenta que no había entendido nada y que nunca lo aceptaría. Fallecí unos días después, rodeada de mi padre, cuyos ojos eran ahora dos profundos túneles que miraban hacia su interior, y mi pequeño hijo, que estaba a mi lado y se veía extrañamente tranquilo. Dicen que yo voy de una encarnación en otra buscando a Hamaliel, sin saber que él habita en mi corazón. Mi obstinado dolor sigue intacto; no acepta ni comprende lo sucedido. Por eso las puertas del paraíso están cerradas para mí.

–Tienes que dejar ir, Evaluz. Tienes que dejar ir el dolor y el amor, para que puedas dormir en paz.

–¡Pero no quiero dejar ir! Es lo único suyo que tengo. Aunque, algunas noches oscuras, pienso que tal vez en esa final y absurda renunciación, encontraría el camino de regreso a Hamaliel.

Manchita permaneció en silencio. Ahora podía ver, muy vívidamente, lo triste y solitaria que debía haber sido la vida de Evaluz, apartada del mundo y amurallada contra los dioses.

Debió haber vivido como una prisionera, firmemente cerrada a toda posibilidad de un milagro –pensó la gata–. Como tantos seres humanos, que viven encerrados en torres construidas por ellos mismos ladrillo a ladrillo, con ideas y sentimientos que ellos han atado a sus corazones.

161

–En cada una de mis 700 vidas pasadas he estado marcada con una cruz de fuego en mi corazón –continuó Evaluz–. Jamás he sido feliz. A través de los siglos, he tenido esa vaga idea de estar buscando a alguien, sin saber a quién. He tenido hijos, padres buenos y malos, algunos mediocres, otros brillantes. He tratado de amar. Nada me complacía. En cada oportunidad nacía con la misma tristeza ancestral, y en un mundo en el cual no me interesaba estar. Con cada muerte, surgía la misma pregunta: "¿Qué quieres?" Y yo contestaba con la misma obstinación: "¡Quiero encontrar a Hamaliel!".

–Esta vez debería ser diferente para ti, Evaluz. En vez de vivir como un zombi, utiliza esa enorme intuición que te legó Hamaliel para descubrir dónde anida tu agonía.

–Lo primero que sale es mi furia contra la Sombra de Dios. ¿Por qué tiene que haber tanta gente como Job en la Tierra? ¿Por qué su Sombra tiene que descargar su crueldad en las personas más leales, aquéllas que se han entregado totalmente?"

Evaluz estaba lamiéndose las heridas –pensó Manchita que no se atrevía a hablar–. Igual que Job, había dedicado muchos años a quejarse de las injusticias de Dios y a pedirle cuentas. Pero si ella pudiera ver la verdad algún día, su experiencia de lo divino, igual que la de Job, lograría trascender la lógica humana y los juicios.

–Perder la confianza fue lo peor, amiga. Desear confiar en Dios nuevamente porque no podía encontrar nada que me satisficiera profundamente aparte de Él, y no poder lograrlo. Vivir el absurdo hasta el tuétano de los huesos; sentir el pánico paralizador de estar sola; pensar: "Cuando menos lo espere, Él me arrebatará mi felicidad".

–Sin confianza, nada es posible, todo se vuelve inerte, Evaluz. No queda más que un círculo vicioso.

–Desde ese punto de estancamiento en mi vida, yo contemplaba y sentía todo esto. Pensaba: "No es justo. Él nos ha creado para su propia evolución. Nos ha creado para poder experimentar el amor, el dolor, el horror y la dicha. Nos ha creado con el único propósito de purificarse y luego disponer de nosotros".

–Serénate, Evaluz –se aventuró a decir Manchita–. Salgamos a caminar un rato. Quizás el silencio de la noche te enseñe cómo empezar a derribar esas barreras que tú misma has creado.

Las dos amigas abrieron la puerta de la hermosa recámara que les había sido asignada como huéspedes del Príncipe Sereno y se adentraron en la noche. Miles de estrellas les dieron la bienvenida. Evaluz alzó los ojos y fijó la mirada en ellas por largo rato. La estrella azul estaba allí; ¡más grande y luminosa que nunca! Ella abrió sus brazos como si tratara de alcanzarla. Las llamas abrasadoras de la cruz en su corazón ardían intensamente.

163

–¡Yo soy Dios! Nuestros cuerpos no son más que marionetas mediante las cuales Él/Yo experimenta la pasión, la agonía, el terror, que conocen los seres humanos. Él/Yo/Nosotros se purifica a través de esas marionetas con una mente propia; que tienen fuerzas creativas y destructivas; sentimientos de amor y dolor; instintos para el placer y sentidos para disfrutar el mundo.

–¡Has despertado al teatro del universo, Evaluz! De ahora en adelante verás el sufrimiento como algo creado por ti con diferentes niveles de intensidad. Y podrás cambiar el libreto de acuerdo a tu voluntad.

Evaluz no la escuchaba. Estaba allí de pie como poseída, con la mirada fija en las estrellas.

–Nosotros somos Él en un proceso hacia la luz, ascendiendo penosamente por el rayo de la creación, con más entendimiento cada vez; transformándonos de caricaturas en voces del universo. Esa es la misión de los seres humanos: tragarse, poquito a poquito, la Sombra de Dios en su largo viaje hacia la iluminación.

–Hamaliel sabía que la Gran Obra tiene su propio tiempo en el espacio humano. La clave para entrar en ese reino elusivo es la paciencia y la confianza. Tú no quisiste hacer uso de ninguna de las dos, Evaluz. De modo que mientras más esfuerzos hacías por encontrar ese reino, más te alejabas de él.

—Tenía que esperar tiempos más propicios, Manchita, y confiar en que iba a suceder porque así estaba escrito.

—Por eso cometías los mismos errores una vida tras otra.

—Siempre me enamoraba de Hamaliel bajo un disfraz diferente, pero siempre se desvanecía en el aire. No había llegado el momento. Todavía no era el minuto oportuno para mí.

—No lo busques más, Evaluz. Ya sucederá.

—Yo sé que él está esperando que yo crezca en el amor incondicional hacia todos los seres vivientes, para que nuestro amor personal tenga sentido.

—Él espera poderte amar dentro de la Gran Obra, sabiendo que ha llegado el momento en que las energías masculina y femenina se integren a Dios con igual poder —agregó Manchita.

—Esta noche, las palabras de Hamaliel adquieren sentido para mí: "No llores, vence tus miedos, ten confianza. Crece elevándote de la oscuridad hacia la luz. Solo cuando seas maestra de la vida serás capaz de penetrar los misterios. Tú serás dueña de la magia, y entonces tendrás la clave del mundo secreto: la palabra que resuena entre los hombres como una sinfonía celestial. Esa es tu misión. Dentro de ti está la fuente de todas las formas de vida y toda clase de muertes. Observa, ama y conocerás la felicidad".

La Estrella Interior

Las dos amigas quedaron en silencio, observando aún las estrellas por mucho tiempo. Evaluz sentía como si le hubieran quitado un gran peso de encima. Sonreía con sinceridad por primera vez en muchas lunas.

—¿Descansaron? —preguntó una voz amable.

Al volverse, vieron al Príncipe Sereno que se acercaba.

—Es una hermosa noche estrellada —dijo Evaluz—. Gracias por su hospitalidad.

—Tenemos grandes festejos mañana dedicados a Chaac, el dios de las cosechas. ¿Nos acompañarán?

—Príncipe Sereno, tenemos una petición importante que hacerle.

—¿De qué se trata, Manchita?

—Apreciamos todo lo que ha hecho por nosotras, pero realmente tenemos que regresar.

—¿Regresar a Egipto?

—No, Príncipe Sereno; tenemos que regresar a la selva que queda al sur de su reino donde vivíamos antes de que ciertas circunstancias extrañas nos llevaran a Egipto.

—¿Quieren ir a la tierra de los incas?

—Bueno... sí.

—Eso es fácil de arreglar.

—¿Lo haría por nosotras?

—Sin duda alguna; síganme hasta la pirámide principal y yo las ayudo a llegar allá.

Manchita y Evaluz siguieron al príncipe hasta la plaza central donde habían construido aquella colosal pirámide. Solo los acompañaba el canto de los grillos. Dieron la vuelta alrededor de la gigantesca estructura plateada hasta que el príncipe les indicó que entraran por una puerta de piedra blanca, negra y amarilla oculta tras la vegetación. En el pasillo interior, el techo era color marfil salpicado en oro, plata y orichalcum, y todas las paredes, las columnas y el piso estaban cubiertos de orichalcum. Había una estatua de oro de una serpiente emplumada. Hacía frío allí adentro.

—Denme la mano —dijo el Príncipe Sereno—. Vamos a hacer un círculo alrededor de la imagen de Kukulcán. Ahora, cierren los ojos y piensen en el lugar donde desean estar.

Las dos amigas hicieron lo que les indicaba el príncipe. Sintieron un intenso frío y un gran dolor de cabeza. Minutos después, escucharon la voz del príncipe:

—Abran los ojos. Hemos llegado.

Manchita y Evaluz se encontraron en medio de la selva. El sitio parecía extrañamente familiar y desconocido a la vez.

—¿Encontrarán el camino desde aquí?

—Err... ¡Sí! —exclamó Manchita.

—Entonces, les digo adiós. Mi pueblo me espera para comenzar los festejos.

Antes de que ninguna de las dos pudiera pronunciar palabra, el Príncipe Sereno desapareció tragado por la noche.

—¿Manchita, dónde estamos? ¡No conocemos el camino desde aquí!

—No te preocupe, chica, ya nos las arreglaremos.

La noche seguía hermosa, tan silenciosa y profunda. Las estrellas indicaban el camino a medida que las dos amigas se abrían paso a través de la jungla tratando de familiarizarse con los alrededores. Siguieron el ruido de una cascada hasta que las condujo a un río magnífico que corría alrededor de una plaza ceremonial circular hecha de piedras y adobe. Manchita y Evaluz se detuvieron allí llenas de admiración.

—Manchita, esa cascada parece muy familiar. Creo que yo he estado aquí antes. Pero la plaza... no estaba ahí. Y el río, no era tan grande.

—Estaba ahí, Evaluz, pero probablemente estaba hundida o cubierta de vegetación. Y el río puede haberse reducido a través de los siglos. Recuerda que nosotras visitamos este lugar cientos de años después de haber sido construido.

—¡De manera que estamos de vuelta en Perú pero durante la Antigua Civilización Inca!

—Eso creo, amiga. Estamos en el mismo lugar en otra época.

—Me imagino que estamos más cerca del regreso en cierto modo —dijo Evaluz, observando la ribera del río.

—Cuando encuentres el inicio del sendero, la estrella de tu alma dejará ver su luz.

—¿Qué dijiste, Manchita?

—Yo no he abierto la boca.

Evaluz miró hacia la cascada de donde procedía la voz que había escuchado y vio a una hermosa mujer que se estaba bañando.

—¿Quién eres?

–Al nacer, a cada ser humano se le da su propia estrella guía. Pides un deseo a la estrella, y aquí estoy yo a tu disposición.

–¿Te envió Hamaliel?

–Un poder superior a Hamaliel me envió. Es hora de que tú y yo nos conozcamos. Acércate, Evaluz.

Lentamente, la muchacha se acercó a la mujer desnuda.

–Mira en el río y luego mírame a mí.

Evaluz se arrodilló y miró las prístinas aguas. Sorprendida miró a la Mujer Estrella y luego echó una ojeada nuevamente al río.

–Yo me parezco a ti... soy exactamente igual a ti...

–Cuando hayas encontrado el inicio del sendero, la estrella de tu alma dejará ver su luz –repitió la señora–. Yo soy el reflejo de tu alma, Evaluz, la persona que tú eres realmente.

–¿Un reflejo?

–Estás hablando en voz alta contigo misma. Si cierras los ojos podrás verme en lo más profundo de tu ser, y podemos continuar nuestra conversación en silencio.

Evaluz cerró los ojos. Manchita la miró con ternura y echó a andar hacia la plaza. Primero tenía que averiguar cómo cruzar el río. Pero eso no le preocupaba. Tenía tiempo. Su amiga iba a estar ocupada durante un rato.

–Enséñame, Mujer Estrella.

173

—Todo lo que debes saber está en mí. Tú has sufrido y crecido en el mundo de los ojos abiertos. Ahora es el momento de manifestar tu sabiduría.

—¿Realmente tengo yo sabiduría?

—Tú eres un canal empleado por el Espíritu. El poder de la inspiración que recibes deja que lo aparentemente imposible se manifieste en toda clase de formas.

—Hamaliel era ese tipo de persona. Por eso atraía a todo el mundo como si fuera un imán.

—Todos los años que Hamaliel pasó contigo estuvo tratando de decirte que tú también eras un canal del Misterio. Todos lo somos.

—Él/Yo/Nosotros... Creo que he entendido.

—Has entendido. Por eso me encontraste.

—¿Y qué hay con Manchita?

—Ella ha sido tu maestra en el mundo de los ojos abiertos. Toda la naturaleza está llena del Espíritu Divino. Tu gata liberó su espíritu de la materia hace mucho tiempo.

—¡Es una alquimista!

—Ella sabe que la unión con el Espíritu sólo puede tener lugar dentro de cada individuo como resultado de su propio deseo consciente.

—Por eso ella nunca me obligó. Ha sido muy paciente conmigo.

174

—Eso es solo una fracción de lo que es amor incondicional.

—Estrella guía, ahora soy parte de un conocimiento que no entiendo totalmente.

—Una porción de tu energía pertenece a las profundidades que nunca se llegan a entender totalmente. La otra parte pertenece al mundo de los ojos abiertos. Trabaja siempre para conectar esos dos mundos.

—¡Tengo miedo de abrir los ojos ahora!

—¡No me hagas reír!

—De verdad; es algo tan sanador estar aquí contigo. El mundo real es... resbaladizo.

—Así es, pero tu trabajo es hermoso. Imagínate ayudando a liberar el Espíritu en toda la naturaleza.

—Primero tenemos que regresar a nuestro mundo.

—Eso no debe ser difícil para ti. Ahora puedes vivir y moverte en un mundo intemporal.

—Trataré de recordar eso.

Y muy lentamente, Evaluz abrió los ojos.

EL ARTE DEL DISCERNIMIENTO

Lo primero que vio Evaluz cuando abrió los ojos fue el ancho río que estaba en las proximidades de la plaza ceremonial. ¡Y en medio de la plaza estaba su amiga Manchita! La gata estaba rodeada de músicos con trompetas de cobre y cascabeles y un gran grupo de gente. Todos observaban fijamente a un sacerdote inclinado sobre un plato colocado en el suelo. Evaluz no podía ver desde aquella distancia el contenido del plato, pero parecía ser algo importante.

–Me pregunto en qué anda Manchita ahora –pensó, a medida que se acercaba a un puente cercano adornado con imágenes doradas del Sol.

Cuando Manchita la vio llegar, hizo señas con la pata para que se diera prisa.

–¡Ven acá, Evaluz, tienes que ver esto!

La muchacha cruzó el puente y todos los ojos se volvieron hacia ella.

–Bienvenida a la Tierra de las Cuatro Moradas –dijo el sacerdote mirándola.

–Gracias –dijo Evaluz desconcertada.

—El sacerdote Inti está haciendo adivinaciones para nosotras, muchacha; un gran honor.

Cuando Evaluz miró aquel plato llano quedó sorprendida. ¡Varias arañas deambulaban sobre unas hojas de coca! El sacerdote siguió la conversación que estaba teniendo con Manchita antes de que ella llegara a la plaza. Estaba hablando en un idioma extraño que obviamente mi gata entendía. Aquello continuó por un rato, hasta que de repente la multitud irrumpió en vivas y los músicos empezaron a tocar sus trompetas de cobre y cascabeles. Todo el mundo miraba a Evaluz. Sin saber lo que estaba pasando, la muchacha guardó un respetuoso silencio al ver que Manchita se inclinaba ante el sacerdote y le decía adiós con la pata.

Las dos amigas echaron a andar nuevamente hacia el puente, seguidas por la misteriosa música que continuaba resonando en la plaza.

—¿Me puedes decir de qué se trata todo esto, Manchita?

—Se trata de ti, chica.

—¿De mí?

—Sí, de ti.

—Cuando llegué a la plaza, ya había allí un comité esperándome. Me dijeron que el sacerdote del Dios Sol Inti quería hablar conmigo. Me llevaron luego al templo principal donde el sacerdote me dijo que él sabía que nosotras veníamos. Y que eso era una buena noticia para su pueblo.

—¿Te habló en ese lenguaje extraño que yo oí en la plaza?

—Sí. Es quechua, la antigua lengua de los incas.

—¡Yo no sabía que tú hablabas quechua!

—Todavía no sabes muchas cosas sobre mí, jovencita.

—¿Por qué nuestra llegada era una buena noticia para su pueblo?

—Porque era señal de la gran reunión que los antiguos creían que se producía una vez en mucho tiempo.

—¿Una gran reunión?

—Sí, Evaluz. Tu iniciación en el mundo de la Mujer Estrella provocó esta excepcional reunión; que incluye la unión de todas las personalidades que tú has creído ser y todas las vidas en las que has llevado a cabo un profundo trabajo. Estas se reunieron hoy para completar conscientemente el proceso.

—¿Y los incas?

Se emocionaron mucho al saber que otra persona estaba despertando en su tierra. Ellos consideran que tú y todos los demás seres (piedras, plantas, animales, y los demás humanos) son uno con el Todo. Para ellos fue una bendición ser testigos del enriquecimiento de nuestra alma común.

—Entonces, ¿qué necesidad había del plato llano?

179

—El sacerdote quería asegurarse que su discernimiento sobre tu proceso era correcto... Y las hojas de coca le repitieron la historia completa.

—Dime, Manchita, ¿tú sabías del mundo de los ojos abiertos y del mundo del silencio?

—¿Para qué me preguntas? Tú ya sabes la respuesta.

—¿Cómo es que nunca me dijiste que eras alquimista?

—No me hubieras creído.

—¡Algo tan simple parece tan complicado para el mundo de los ojos abiertos!

—Bueno, no es tan simple, de lo contrario no tendríamos que esperar tanto tiempo para una gran reunión.

—Manchita, encontré la clave a la que tú tratabas de dirigirme. Mi intuición ha resucitado, revitalizada en una persona muy diferente de la que inició este viaje.

—¡Al fin! Pero te advierto que nuestras vidas van a experimentar todavía más cambios.

—Lo sé, gata. Mi larga prueba en la prisión de mi propia mente ha terminado; pero ahora tengo que enfrentar los retos de la nueva luz.

—Poco a poco verás que tus decisiones y valores han cambiado durante tu largo cautiverio.

—Manchita, he aceptado un llamado para servir a un poder superior, más allá de mi ego, pero no sé cómo debo hacerlo.

–Se te dará la comprensión. Pero requiere un poco de esfuerzo salir de las ilusiones porque hemos invertido mucho en ellas. No te preocupes, empezarás a verlo todo más claramente de ahora en adelante.

–Mi mayor deseo es poder comunicarme con buen juicio tal como has hecho tú conmigo.

–Cada quien desarrolla su propio estilo de enseñanza. Tú sabes que yo puedo ser bastante brusca a veces.

–Pero tu labor de despertarme fue magnífica. Siempre me motivaste en vez de condenarme.

–Bueno, en ocasiones te sacudí un poco fuerte.

–No, Manchita, tú me enseñaste el arte del discernimiento en una forma constructiva y desprejuiciada.

–Te has vuelto muy comprensiva, muchacha, pero creo que junto con tu ego has perdido la memoria.

–Como quieras, pero en este punto, he tenido una experiencia directa y personal de libertad. Quiero trasmitir esa experiencia a otros del mismo modo que tú me la pasaste a mí.

–Tú estabas receptiva, Evaluz. Vivir la experiencia, especialmente si se trata de una experiencia difícil, es una enseñanza formidable. Pero no se puede obligar a nadie a que aprenda. Ofrece a las personas tu sabiduría únicamente si están interesadas.

–¿Y si no están interesadas?

181

—Déjalas en paz, incluso en situaciones peligrosas. Esa es la única forma en que pueden aprender.

—¿Y qué hay de la compasión, Manchita?

—No digo que no te importe. Solamente que desear ayudar demasiado a alguien, en contra de su voluntad, puede ser perjudicial.

—Bueno, ahora sé que la vida es la fuente de todos los aciertos y desaciertos.

—¿Tú sabes, Evaluz? Recuerda que Dios es el Gran Desconocido, el Misterio. "Mientras más sé que no sé nada, más cerca estoy de lo divino." Ten presente ese sabio refrán cada vez que estés muy segura de tener la respuesta correcta.

—Lo recordaré, gata. Te lo prometo.

El Mundo en mi mochila

Era un día hermoso en la selva y las dos amigas estaban muy animadas.

—Evaluz, creo que debemos regresar a nuestro tiempo. Todavía tenemos que tomar el avión. ¿Recuerdas?

—Y, ¿qué hacemos ahora?

—Dime tú. Es hora que empieces a manifestar tu recién adquirida sabiduría.

—Déjate de eso, Manchita. ¡Yo no tengo ni idea!

–Pues mira donde encuentras alguna... yo no tengo apuro.

–De modo que tengo que hacer "la cuadratura del círculo" –dijo Evaluz hablando consigo misma.

–¿Has estado estudiando alquimia a espaldas mías?

–Sí Manchita, un poquito, pero ahora es cuando todas las piezas comienzan a caer en su sitio.

–Así que saber que lo imposible puede volverse posible, que lo misterioso puede 'cuadrarse' con la realidad física, comienza a calar en ti. Umm...

–La Mujer Estrella me dijo que ahora yo podía vivir y moverme en un mundo intemporal.

–Todos los tiempos en realidad existen a la misma vez, Evaluz. El tiempo, como lo percibimos nosotros, es una ilusión.

–Hoy, todas mis distinciones entre interno y externo, mío y tuyo, pasado y presente, se han desbaratado.

–Entonces puedes ver que dentro de cada uno de nosotros se encuentra el universo completo.

Evaluz se quedó pensativa durante largo rato. Después dijo con voz sosegada:

–Estoy lista para partir, Manchita. Vamos a acercarnos a la cascada donde llegué a la comprensión de tantas cosas en otra época y ahora.

Las dos amigas caminaros unos cuantos metros hasta la impetuosa catarata que parecía esperar por ellas. Daba la impresión que los sonidos de la selva se había acallado. Cada piedra, cada planta y animal estaba inmóvil y en silencio.

–Toma mis manos como hicimos con el Príncipe Sereno –dijo Evaluz cerrando los ojos. Y con voz serena y confiada, susurró–: Yo estoy en el este y en el oeste; en el norte y en el sur; yo estoy arriba y abajo; soy el pasado, el presente y el futuro; soy todo el universo y más allá. Yo manifiesto en este momento los deseos de mi corazón.

El viento comenzó a soplar, tal como sucedió en la caverna que abría la puerta hacia Egipto y en los peldaños de la Atlántida que las condujeron a los mayas. Pero esta vez era un viento suave, apacible, casi una caricia. Raziel conducía a su madre y a su gata de regreso al siglo 21.

Epílogo

Manchita y Evaluz aterrizaron fácilmente frente a la cabaña que habían ocupado durante sus vacaciones de un mes en la selva peruana. Se miraron y rieron a sus anchas.

—Lo hiciste, Evaluz. ¡Qué maravilla!

—Lo hicimos, gata.

—Esta vez aprendiste bien tus lecciones. Yo era solamente tu compañera de viaje.

—Fue increíble, Manchita. Estoy muy contenta.

—De ahora en adelante, muchacha, el cielo es el límite.

—¿Qué cielo? ¿Qué límite?

Y rieron nuevamente de corazón.

—Voy a echar de menos al Gato Gigante, Evaluz. Es mi primo, sabes.

—¿Es primo tuyo?

—En serio, nosotros los gatos todos somos parientes.

—¡Nunca vas a cambiar, Manchita!

—Pero también voy a echar de menos al Mago y a todos los hombres y mujeres sabios que conocimos por el camino. Incluso a la Muerte, que no era tan mala gente después de todo.

—Yo siempre echaré de menos a Hamaliel...

189

Manchita clavó la mirada en Evaluz tratando de penetrar su alma.

—No te asustes, amiga. Él es una parte importante de mí y ahora sé que puedo llegar a él en cualquier momento y habitar en las profundidades de su mundo —dijo en tono ecuánime Evaluz.

—Bien, entonces, podemos hacer lo mismo con todos los demás, respondió la gata con alivio.

—¡Sin duda que podemos!... Gracias, Manchita.

—¿Gracias por qué?

—Por estar a mi lado durante todo este proceso.

—No me lo hubiera perdido por nada del mundo.

—Siempre serás mi maestra en el mundo de los ojos abiertos.

—Ya no me necesitas más.

—¡No digas eso!

—Sabes, Evaluz, cada persona es un dios en potencia, y la vida entera es la tarea para convertir esa posibilidad en realidad. Tú eras una semilla lista para germinar, ahora eres una flor.

—Pero siempre seguiremos siendo amigas; ¿verdad?

—No te quepa la menor duda; hay muchas aventuras esperando por nosotras. Las flores se marchitan, sabes...

—Esta es mi amiga Manchita. ¡Nunca puede uno tomar sus cumplidos demasiado en serio!

—Pero siempre hay una nueva semilla a punto de brotar... ¡Apúrate que perdemos el avión!

Sobre la autora

Elena Iglesias, periodista independiente, es autora
de cinco poemarios: *Península*/1977; *Mundo de*

Aire/1978, con poemas premiados por la Universidad Católica Andrés Bello de Caracas; *Campo Raso*/1983, fruto del Taller de Poesía del Centro de Estudios Latinoamericanos Rómulo Gallegos de Caracas; *Temblor de Luz*/2009, dedicado a Dulce María Loynaz; y *Apremiante deseo de manantial*/2012. Es además autora de *Cuenta el Caracol*/1995, recreación de patakíes de la tradición afrocubana; dos libros de cuentos infantiles, *Aloni Gabriel y Mariposa/Aloni Gabriel and Butterfly*/2004–2011 y *Who am I Butterfly?*/2011. *The Philosophy of My Wandering Cat* del 2009, es un libro de fábulas. Su versión al español, *La filosofía de mi gata andariega*, la publica en el 2014. Elena nació en Cuba y vive en Miami.

https://elena-iglesias.squarespace.com
https://www.facebook.com/elenamanchita

Referencias

Animal–Speak: Ted Andrews; Llewellyn Publications; St. Paul, Minnesota, USA; 1995.

Un Árbol de Ángeles: Jorge Nájera; Editora y Distribuidora Yug; México D.F.; 1998.

The Phoenix Cards: Susan Sheppard; Destiny Books; Rochester, Vermont, USA; 1990.

Las Tablas Esmeralda: Toth el Atlante; Editora Corripio C por A; Sto. Domingo, Rep. Dominicana; 1987.

Timaeus and Critias: Plato; Penguin Books Ltd.; London, England; 1977.

Mayan Legends: Javier Covo Torres; Editorial Dante S.A. de C.V.; Mérida, Yucatán, México; 2003.

The Mayan Gods: Javier Covo Torres; Editorial Dante S.A. de C.V.; Mérida, Yucatán, México; 2004.

Jung and Tarot: Sallie Nichols; Samuel Weiser, Inc.; York Beach; Maine; 1980.

Tarot, Mirror of the Soul: Gerd Ziegler; Red Wheel/Weiser, LLC; York Beach, ME; 1988.

Osho Transformation Tarot: Osho; St. Martin's Press; New York, NY; 1999.

Tarot in the Spirit of Zen: Ocho; St. Martin's Press; New York, NY; 2003.

www.ingramcontent.com/pod-product-compliance
Lightning Source LLC
Chambersburg PA
CBHW071910220626
47052CB00002B/292